W0417759

Un souvenir personnel

Voici le dernier roman de Bob. Il a toujours détesté voir un de ses livres se terminer : il aimait les retoucher indéfiniment, les peaufiner, rechercher le mot juste, la phrase parfaite. Il est malheureusement mort le 2 novembre 2000 avant d'avoir pu faire subir le même sort à La brocante du cœur.

Il disait souvent qu'il ne connaissait pas les regrets. Il aimait la vie, il aimait sa famille, il aimait son foyer de Leominster, dans le Massachusetts. Il s'installait tous les jours devant son bureau pour faire ce qu'il préférait : écrire.

Naturellement, Bob aimait aussi les livres. Il lui arrivait de visiter chaque jour plusieurs librairies et il n'en sortait jamais les mains vides. Il était ravi de rencontrer de vieux amis ou d'anciens camarades d'école durant ses flâneries en ville. Il raffolait de tous les genres de films et de musiques et il avait un faible pour les calembours et autres facéties. C'était un incorrigible optimiste, toujours plein d'espoir, toujours capable d'apprécier l'humour d'une situation. Il faisait de la vie une partie de plaisir.

Il disait souvent qu'il était reconnaissant aux professeurs et aux libraires de faire connaître ses livres aux étudiants. Il aimait les rencontrer et discuter avec eux à l'issue de conférences ou d'ateliers d'écriture. Il en revenait galvanisé et plus avide encore de retourner à sa machine à écrire. S'il avait été ici pour dédicacer ce roman, je suis sûre qu'il l'aurait dédié avec gratitude à tous ceux qui avaient lu son œuvre et l'avaient soutenu durant toutes ces années.

Mes enfants et moi sommes bouleversés par les témoignages de sympathie et d'affection que nous avons reçus depuis sa mort. Nous sommes profondément reconnaissants de toutes les cartes, de toutes les lettres que ses amis et ses admirateurs nous ont expédiées des quatre coins du monde. Des tas de gens ont vanté la noblesse de son âme, sa générosité, sa bonté. Et nous sommes d'accord avec eux. Bob fut un merveilleux mari, père, grand-père, un merveilleux ami.

Son héritage survit dans son œuvre, et nous en sommes heureux, mais l'homme nous manquera toujours derrière ce qu'il a dit. Nous sommes convaincus qu'il manquera autant à ses lecteurs.

Constance Cormier

Première partie

– Tu te sens mieux?

– Il me semble. Mon mal de tête a disparu. Vous croyez que c'est lié?

– Peut-être. On dit que la confession soulage l'âme. Mais je ne sais pas si elle guérit les maux de tête.

– Et maintenant, je suis censé dire que je regrette?

– Le fait que tu aies avoué implique une certaine part de regrets.

– Ça suffit?

– C'est à toi de voir, Carl. Bien entendu, ce que tu as fait ne peut être effacé.

– Je sais. Ils sont morts. Disparus. Je ne peux pas les faire revenir. Mais... le péché peut-il s'effacer?

– Je suis incapable de te le dire. Je ne suis pas prêtre.

– Mais je me suis confessé à vous.

– Certes, mais je ne peux pas te donner l'absolution.

Un silence.

– Et la police va venir?

– Elle attend derrière la porte.

Trent éteignit le magnétophone et se renversa sur sa chaise en se massant le front au-dessus des sourcils. Il entendait encore, dans le silence du bureau, la voix de Carl Seaton, toute ruse abolie, pleine de contrition et de repentance. Trent était resté assis face à lui quatre heures durant dans le petit bureau encombré, sous la lumière crue de l'ampoule 100 watts qui pendait au plafond. Le feu roulant des questions et réponses, les échappatoires, les rationalisations, l'admission hypothétique des faits (à ne pas confondre avec un aveu) et, pour finir, l'aveu lui-même.

La touche magique de Trent à l'œuvre, comme l'avait proclamé un titre de journal. Mais Trent n'éprouvait en ce moment aucune sensation de magie, aucun frisson de triomphe. Trop de confessions ? Comme celle de Carl Seaton ? Ayant amené Carl à avouer (cette vieille magie de Trent qui vous ensorcelait), il avait dû écouter le récit du meurtre délibéré et commis de sang-froid de trois personnes. Les victimes étaient une femme de trente-cinq ans, son mari de trente-sept ans et leur fils de dix ans (dont Carl ignorait l'âge lors du crime).

Six mois plus tôt, dans la blancheur laiteuse d'une aube hivernale, Carl Seaton s'était introduit dans le modeste pavillon de deux étages habité par Aaron et Muriel Stone pour y voler la petite collection d'armes à feu entreposée dans leur cave. Il avait admis qu'il ne connaissait rien aux armes à feu, à part le plaisir de les manier et le sentiment de puissance qu'elles lui procuraient.

Carl Seaton avait brisé une lucarne de la cave sans s'inquiéter du bruit qu'il faisait parce qu'il avait appris que la famille était partie en vacances et qu'il n'y avait aucun système d'alarme dans la maison.

Il fut déçu de découvrir que la prétendue collection se réduisait à trois petits revolvers. Il fut surpris de constater que ces revolvers étaient chargés. Il avait alors décidé de fouiller la maison. Il pensait y trouver quelques objets de valeur, bien qu'il ne connut rien à la revente d'objets volés. Il avait entendu du bruit au second étage et monté l'escalier à pas de loup. Ses espadrilles n'éveillaient aucun écho sur la moquette du vestibule. Il était entré dans une chambre où il fut tout étonné de voir un homme et une femme endormis dans un lit. La femme couchée en chien de fusil, la chemise de nuit légèrement retroussée, des cils magnifiques, épais et recourbés. L'homme à plat sur le dos, la bouche ouverte, ronflant doucement. Carl avait senti le revolver dans sa main et prit soudain conscience du pouvoir qu'il détenait. C'était comme s'il avait été Dieu. En baissant les yeux sur eux, tellement sans défense, tellement impuissants, il s'était rendu compte qu'il pouvait en faire ce qu'il voulait. Ils étaient à sa merci. Il s'était demandé de quoi la femme aurait l'air sans sa chemise de nuit bleue. Il n'avait jamais vu une femme complètement nue, sauf dans des magazines, des films et des vidéos. Mais ça le barbait bien trop de penser à ça maintenant. Il ne voulait pas gâcher la délicieuse sensation qu'il éprouvait rien qu'à se tenir ici avec les pleins pouvoirs. Il avait levé son arme et abattu le couple. L'homme d'abord. La balle avait explosé à travers la mince couverture, faisant voleter dans l'air comme des gouttes de pluie de petits lambeaux de tissu vert. Le coup de feu n'avait pas été aussi bruyant qu'il l'escomptait. Comme la femme se redressait d'un bond, le regard vacillant, il lui avait tiré dans la bouche, ébahi par le jet de sang et la façon dont ce regard était devenu fixe, comme glacé de stupeur. Il avait alors été secoué tout entier par un violent éternuement tandis que l'odeur de la poudre emplissait l'air.

Il s'était demandé s'il y avait dans la maison quelqu'un d'autre qui aurait pu entendre les coups de feu. Il était passé dans le couloir, avait ouvert une porte tout au fond, vu un garçon endormi dans un lit qui avait presque l'air d'un bateau. Ses cheveux coupés à la chien bouclaient sur son front. Le garçon avait battu des paupières. Carl s'était demandé s'il devait l'abattre. Il avait conclu qu'être abattu vaudrait mieux pour le garçon. Quelle chose terrible de découvrir à son réveil que sa mère et son père étaient morts. Assassinés! Carl avait tué le garçon par sollicitude, en hochant la tête, en se sentant bon et généreux de le faire.

Carl avait confessé les meurtres avec une sorte d'empressement, heureux de fournir les détails qui conduiraient à sa perte, d'une voix presque allègre qui trahissait son soulagement. Ce qui était souvent le cas avec ceux qui finissaient par reconnaître les actes qu'ils avaient commis.

Trent n'éprouvait que du mépris pour Carl Seaton, bien qu'il ait simulé sympathie et compassion durant l'interrogatoire. Jouer cette comédie n'était qu'une autre facette de son travail. Si, en ce moment, il éprouvait un peu de compassion, ce n'était que pour les parents de Carl Seaton. Carl avait dix-sept ans.

La mâchoire de Trent commençait à lui faire mal. Il n'avait jamais de migraine, rien que ce douloureux élancement le long de la mâchoire. C'était ridicule, mais c'était comme ça. Cela le prenait généralement après un interrogatoire, comme un châtiment qu'il lui fallait subir. Pourquoi un châtiment? *Je ne fais que mon métier.* C'est bien le problème, affirmait Lottie.

Et il comprenait maintenant pourquoi la confession de Carl Seaton, ce nouveau succès à son actif, avait échoué à lui procurer l'habituel sentiment de triomphe. Lottie n'était plus là pour qu'il la lui raconte, quand bien même savait-il qu'à la fin elle avait cessé de l'écouter. Néanmoins Lottie avait toujours été là pour lui, même s'il n'avait pas toujours été là pour elle.

Sa mâchoire lui faisait de plus en plus mal et il essaya de bâiller pour atténuer la douleur. Il résista à la tentation de prendre un analgésique dans le tiroir de son bureau. Il méritait peut-être de souffrir un peu, se dit-il en songeant à Lottie.

Il éjecta la cassette du magnétophone, les rangea l'un et l'autre, nettoya son bureau, vérifia ses rendez-vous du lendemain. Il était temps de rentrer chez lui. Chez lui, dans la maison vide où Lottie n'était plus qu'un pitoyable fantôme. Mais il n'avait nulle part ailleurs où aller.

Deuxième partie

À Monument, les classes finissaient le dernier vendredi de juin pour les vacances d'été, mais Jason Dorrant se dit qu'aujourd'hui lundi serait le premier vrai jour de vacances. Le dernier week-end ne comptait pas, parce que, de toute façon, il n'allait jamais à l'école pendant le week-end.

Il avait projeté de dormir tard ce matin-là, mais ses yeux étaient aussi grands ouverts que si son réveil avait sonné. L'horloge digitale indiquait 6:32 et Jason sourit, en s'étirant voluptueusement, et en pensant aux jours d'été oisifs qui l'attendaient. Pas vraiment oisifs – le camp d'été commençait la semaine prochaine. Mais il n'aurait plus classe, il n'aurait plus de devoirs pendant les deux prochains mois.

En réalité, il avait passé une année plutôt bonne au collège de Monument. Il avait réussi pour la toute première fois à se faufiler dans le tableau d'honneur au second semestre, même si à son avis ç'avait été dû à la chance plutôt qu'à ses qualités intellectuelles. Il était heureux que la sixième soit derrière lui, et il espérait que la cinquième serait plus facile. Mais il avait le sentiment qu'elle ne le serait pas. Il avait toujours dû travailler dur en classe. Ses condisciples semblaient accumuler sans peine les bonnes notes, ils répondaient aux questions, ils levaient la main pour se faire interroger par le prof, mais Jason n'osait jamais proposer une réponse, même s'il la connaissait. Il n'aimait pas être le centre de l'attention. Il sentait le rouge lui monter aux joues tandis que son cœur s'emballait.

De toute façon, l'école n'était pas à son programme des deux prochains mois. Il soupira, étira de nouveau les jambes et rejeta la mince couverture. Il savait que le camp d'été ne serait pas une partie de plaisir, mais au moins il n'y aurait plus de salles de classe et d'interrogations écrites, et il pourrait prendre un nouveau départ avec de nouveaux camarades. Il laisserait derrière lui les anciens, et spécialement ceux qui lui pourrissaient la vie. Ce n'était pas qu'ils soient cruels, ou mauvais, qu'ils aient passé leur temps à lui jouer des tours, ou qu'ils l'aient torturé ou d'autres trucs du même genre. Ils ne tenaient aucun compte de lui, voilà tout. Ils ne lui demandaient pratiquement jamais de participer à leurs activités ou à leurs jeux. D'habitude, Jason s'asseyait tout seul à la cafétéria, et il se sentait seul même quand d'autres garçons s'installaient à sa table. Ils lui parlaient rarement, ne sollicitaient jamais son avis sur quoi que ce soit. Quand ils le rencontraient dans des circonstances telles qu'ils ne pouvaient pas l'éviter, ils s'adressaient à lui d'un air distrait, ne paraissaient pas intéressés par ce qu'il avait à dire, et reportaient vivement leur attention ailleurs.

Jason aimait la compagnie des plus petits. Ils faisaient attention à lui, ils l'écoutaient, ils riaient de ses plaisanteries. Il s'entendait drôlement bien avec sa sœur Emma qui avait huit ans et aimait le suivre partout. Aux récrés, il rôdait quelquefois de l'autre côté de la cour et regardait jouer les gosses de CE1 et CE2. Ça l'amusait de les voir se conduire si sérieusement. Comme des adultes en miniature. Il les poussait sur leurs balançoires. Il cherchait Emma qui était toujours heureuse de le voir. Il savait qu'Emma était plus intelligente que lui. Elle lisait deux ou trois livres par semaine, alors qu'il avait du mal à venir à bout d'un bouquin, même s'il l'appréciait comme le nouveau Stephen King. Emma écrivait aussi drôlement bien. L'année dernière, elle avait gagné un concours de rédaction. Sa rédac, qu'elle avait appelée *Les rites et les mots*, parlait des célébrations des fêtes et de leurs changements au cours des ans. Leurs maux. Elle lui avait expliqué que le titre jouait sur le terme «mots» et le terme «maux», ce qu'elle appelait un calembour. Ce qu'il appréciait chez elle, c'est qu'elle ne lui expliquait rien d'une façon qui l'aurait fait se sentir idiot, mais comme si elle partageait ses connaissances avec lui et le valorisait par ce partage.

Il quitta son lit. Il entendait le bruit de la douche dans la salle de bains voisine de sa chambre. Sa mère était une lève-tôt qui n'était bonne à rien le matin avant d'avoir, un, avalé une tasse de thé noir et, deux, pris sa douche. Emma était aussi une lève-tôt, mais elle lirait au lit une heure ou deux. Son papa était en voyage d'affaires dans le Nebraska, à Lincoln. Il serait de retour dans trois jours. Son père était un fanatique de foot et, chaque saison, il prenait un abonnement pour les matchs des Patriots de New England. Jason y allait quelquefois avec lui, mais il ne parvenait pas à se passionner pour les ébats de vingt-deux bonshommes qui se bousculaient sur un terrain de football. Pourtant il aimait être avec son père et faisait semblant d'apprécier ce sport-là. Il devait toujours feindre d'être vraiment déçu et malheureux quand les Patriots perdaient. Sa mère disait que son père était dans tous ses états à chaque défaite des Patriots.

Assis au bord du lit, Jason réfléchit à la journée qui s'étendait devant lui. Ce matin, il accompagnerait sa mère à son club de remise en forme, en tant qu'invité, et ferait quelques longueurs dans la piscine tant qu'il n'y aurait personne dedans pendant qu'elle s'entraînerait sur les diverses machines. On rentrerait déjeuner et puis il serait libre tout l'après-midi pendant qu'elle s'acquitterait de son travail bénévole à l'hôpital de Monument. Emma passerait la journée dans la villa de Kim Cambridge. La famille de Kim avait une piscine. Emma avait invité Jason à l'y accompagner, mais il attendait impatiemment d'avoir un après-midi libre où il pourrait faire tout ce qui lui plairait. Fainéanter, se balader peut-être un peu en vélo ou finir ce bouquin de Stephen King. Brad Bartlett l'avait invité à venir nager cet après-midi dans sa propre piscine, mais Jason savait bien qu'il n'avait été invité que parce que la mère de Brad et la sienne siégeaient ensemble dans des tas de comités. Brad adorait jouer de sales tours et on ne pouvait jamais savoir ce qu'il allait inventer. Jason aimait bien sa petite sœur Alicia. C'était un as en matière de puzzles, et il adorait observer le dessin se préciser à mesure qu'elle mettait les pièces à leur place. Donc il irait peut-être faire un saut pour la voir, un peu plus tard, mais il n'emporterait pas ses affaires de bain.

Quoi qu'il en soit, cette future journée se dégageait vaguement du brouillard, libre, sans classe, sans contraintes, sans même aucune corvée domestique, et il resta assis là, à se réjouir en pensant à tous les autres jours de ce long été qui l'attendaient.

On retrouva le corps de la petite Alicia Bartlett, âgée de sept ans, entre les troncs de deux érables imbriqués l'un dans l'autre au milieu d'un bois touffu à moins de cinq cents mètres de chez elle. Elle était recouverte d'une couche de feuilles, de branches et de divers débris, ce qui expliquait en partie pourquoi le corps n'avait pas été découvert quand on avait fouillé cette zone pour la première fois.

Celui qui l'avait tuée l'avait apparemment allongée avec délicatesse sur le sol, les bras croisés sur la poitrine, la robe pudiquement rabattue sur les genoux, il avait soigneusement coiffé ses longs cheveux noirs pour qu'ils encadrent son visage. Mais l'assassin n'avait pu effacer de ses yeux son expression terrorisée – un mélange de surprise et d'horreur – et il ne s'était pas donné la peine de fermer ses yeux horrifiés.

Le corps fut découvert au crépuscule, lors de la seconde fouille de la zone, par un volontaire qui aperçut une petite sandale blanche dépassant d'un monticule de feuilles. La police déclara qu'un animal avait dû bousculer le monticule entre la première et la seconde fouille, en faisant alors apparaître la sandale.

Le médecin légiste détermina que la mort avait été causée par un coup sur la tête porté par un instrument contondant de forme irrégulière. Alicia avait été frappée d'un unique coup à la tempe et la mort avait sans doute été instantanée. On ne retrouva pas l'arme. La petite fille n'avait pas été violée, ni sexuellement molestée. Il y avait très peu de sang autour de la blessure. Elle n'avait pas résisté à son agresseur, car il n'y avait aucun signe de lutte, comme du sang ou des morceaux de peau sous ses ongles. On pouvait fixer l'heure du décès aux alentours de dix-sept heures, soit moins d'une heure après sa disparition.

Alicia avait été vue pour la dernière fois dans le patio de sa villa vers quatre heures de l'après-midi, le 29 juin, par un garçon de douze ans, Jason Dorrant, qui habitait dans le voisinage. Elle était partie se promener, ou avait été entraînée au-dehors quelques minutes avant que sa mère rentre de courses à quatre heures dix.

Alicia Bartlett était petite pour son âge, fragile, intelligente, aimable et sociable, bien qu'elle fût, d'après sa mère, timide avec les étrangers et n'aurait certainement pas suivi quelqu'un qu'elle ne connaissait pas. C'était une fillette très féminine, qui avait préféré porter une robe un des jours les plus chauds de l'été au lieu du short et du tee-shirt que sa mère lui avait proposés avant d'admettre que cette petite robe verte sans manches était un vêtement aussi frais qu'un autre.

Alicia vivait avec ses parents, Norman et Laura Bartlett, et son grand frère de treize ans, Brad, dans le quartier de Monument qu'on appelait Cobb's Creek, à cause du ruisseau qui serpentait le long des haies du voisinage. Les recherches s'étaient d'abord concentrées sur ce ruisseau, bien qu'il eut rarement plus d'un mètre de profondeur et se trouverait même à sec au milieu de l'été. On craignait néanmoins qu'Alicia ait trébuché et soit tombée à l'eau, qu'elle se soit cogné la tête contre une pierre, évanouie et noyée. C'était sans doute à cause de cette focalisation sur le ruisseau que le corps n'avait pas été retrouvé lors des toutes premières recherches.

L'enquête fut confiée au lieutenant de police George Braxton, inspecteur principal. Le soir même de la mort d'Alicia, le sénateur Harold Gibbons se présenta au commissariat central. Braxton l'accueillit chaleureusement – le petit-fils du sénateur avait été un camarade de classe de la petite victime de sept ans – mais il sentit que son visiteur était une source de suggestions superflues et de contrariétés diverses.

Il y avait un tas de choses qui contrariaient Braxton. À quarante-sept ans, c'était un insomniaque chronique, incapable de se détendre dans son lit ou au bureau. Il aimait son travail, tout en le détestant. Il l'aimait, parce qu'il avait le sentiment de faire le bien, d'employer son intelligence à mettre hors d'état de nuire ceux qui violaient la loi, même s'il n'avait jamais formulé tout haut cette pensée ; il se rendait bien compte que ça sonnerait beaucoup trop sentimental. À l'eau de rose. Il le détestait à cause d'affaires comme celle-ci : pas d'indices, pas de pistes, pas de preuves matérielles. La curiosité des médias et l'intrusion du sénateur Gibbons donnaient un coup de projecteur supplémentaire sur une affaire déjà trop publique, trop exposée à l'examen. Pour ajouter à son agacement, Alvin Dark, le procureur général, s'était installé dans son bureau et, Braxton le savait, attendait de prendre en mains l'enquête si on ne trouvait rien de conséquent durant les prochaines vingt-quatre heures.

Braxton passa la nuit dans son bureau sans aboutir à rien. Quand l'aube se leva, il écarta une lame du store vénitien, ouvrit la fenêtre et jeta un coup d'œil morose sur les rues grises et sans soleil, les nuages oppressants qui pesaient sur les bâtiments du centre-ville. Il sentait, même à cette heure matinale, la chaleur qui s'exhalait des pavés comme une suie invisible dont il pouvait presque percevoir le goût sur sa langue. Il n'avait pas dormi depuis vingt-quatre heures.

Il n'avait pas d'indices, pas de pistes, pas de preuves.

Il avait un suspect possible, si l'interrogatoire qu'il projetait de mener un peu plus tard dans la matinée aboutissait au résultat qu'il escomptait.

Jason Dorrant avait du mal à croire qu'Alicia Bartlett était morte. Non seulement morte : assassinée. Agressée et frappée assez violemment pour la tuer. Il ne pouvait imaginer personne d'assez mauvais, d'assez profondément pourri pour faire une chose pareille. Surtout à une gentille petite fille comme Alicia avec ses airs de vieille dame en miniature, ses grandes dents trop larges pour sa bouche et le semis de taches de rousseur qu'elle détestait sur ses joues.

Il sentit son menton trembler un peu et ses yeux se remplir de larmes. Il ne voulait pas pleurer. Un jour, il y a longtemps, il s'était fait le serment de ne plus pleurer. Il pleurait beaucoup quand il était petit, par exemple quand il entendait du bruit au milieu de la nuit et croyait qu'un voleur pénétrait dans la maison. Mais c'était des trucs de môme et ça ne comptait pas. Les larmes qui comptaient vraiment, il les avait versées plus tard, à l'école, quand il se tracassait parce qu'il n'avait pas fini ses devoirs, ou quand il ne connaissait pas la réponse à la question que posait l'instituteur, ou même quand il connaissait cette réponse mais qu'il avait peur, qu'il était bien trop effrayé pour lever la main. Mettons les choses au point : il ne pleurait pas pour de bon, mais son menton commençait à trembler, ses yeux se remplissaient de larmes et il devait se raidir pour que ça s'arrête. Et ça ne marchait pas toujours.

Et puis il y eut sa bagarre avec Bobo Kelton, qui changea tout. C'est alors qu'il se jura de ne plus pleurer. Pas pendant la bagarre, mais après. Et ça n'avait même pas été une vraie bagarre mais un coup de poing magistral qui avait expédié Bobo au tapis. Ç'avait été fantastique de lire la stupeur et le scandale sur le visage de Bobo.

Voilà comment ça s'était passé : Bobo l'avait poussé par-derrière pendant qu'ils faisaient la queue dans la cafétéria de l'école. Mais ce n'était pas la vraie raison pour laquelle Jason s'était retourné et l'avait envoyé au tapis. La vraie raison, c'était tous les trucs que Jason avait vu Bobo faire depuis le début de l'année. Des trucs sournois. Un croche-pied à un type, ou lui tirer la chemise hors de son pantalon, ou claquer la porte de son vestiaire sur les doigts de Johnny Morane qui avaient été écrasés. Personne ne faisait rien au sujet de Bobo. On acceptait tout simplement ses méchants tours. Ou peut-être ne les voyait-on pas. Mais Jason était fier de son don d'observation. Quand on est en marge d'un groupe, qu'on n'en fait pas partie, on est en mesure de voir ce que les autres ne voient pas. Et Jason avait été témoin du pire acte de Bobo : ce qu'il avait fait à Rebecca Tollant.

La veille de l'incident de la cafétéria, Jason vit pendant le changement de classe Bobo Kelton foncer tout droit sur Rebecca Tollant qui s'était arrêtée devant son vestiaire. Il colla son corps contre elle. Il lui murmura quelque chose à l'oreille et Rebecca, furieuse et choquée, secoua la tête. Bobo recula, et puis il lui toucha la poitrine, la pinça, en fait. Pelota un de ses petits seins. Tout ça se déroula en quelques secondes pendant que leurs camarades se hâtaient, trop pressés de rejoindre leur classe respective pour remarquer ce qui se passait. Jason regarda Bobo s'éloigner, laissant sur place Rebecca pâle et tremblante. En entendant sonner la cloche, Jason s'en alla à son tour, le cœur battant de rage, sachant que Bobo se tirerait probablement de ce qu'il avait fait. Jason ne croyait pas que Rebecca rapporterait l'incident et il avait eu raison.

Le lendemain, Bobo poussa légèrement Jason par-derrière pendant qu'ils faisaient la queue à la cafétéria. Jason se retourna d'un bond et le repoussa en lui appuyant les deux mains sur la poitrine. Bobo, surpris, recula. Alors Jason se souvint de ce que Bobo avait fait à Rebecca et de tous ses autres vilains tours et le frappa de son poing fermé, ce qui l'étonna autant que Bobo. Le sang gicla des narines de Bobo qui tomba sur son derrière avec un gémissement de douleur.

Il regarda Jason en essuyant le sang qui ruisselait sur sa figure et bredouilla :

– Pourquoi t'as fait ça ?

Le menton tremblant comme un petit garçon, Jason fut envahi par un prodigieux sentiment de triomphe, et se dressa bien droit en souriant de toutes ses dents. On conduisit Bobo à l'infirmerie et Jason dans le vestibule du bureau du directeur de l'école où on le fit asseoir et le laissa tout seul pendant les deux heures de cours suivantes. Finalement, le directeur, M. Hobart, l'appela dans son bureau et lui fit un sermon. Sur la violence, qui ne résout aucun problème, sur la violence sans provocation qui était la pire de toutes. Jason comprit immédiatement ce que l'expression voulait dire, bien qu'il ne l'eût jamais entendue auparavant.

– Une légère poussée, peut-être accidentelle, d'un camarade de classe, ne légitime en rien ce genre de riposte, dit M. Hobart.

Jason savait qu'il ne pouvait pas lui raconter ce qu'il avait vu Bobo faire à Rebecca Tolland, parce que ça n'aurait pu que gêner Rebecca. Il écouta M. Hobart continuer à discourir sur la violence et la vanité de toute réplique disproportionnée et il hocha la tête, mais pendant tout ce temps il ne cessa pas de se sentir heureux. Il avait fait quelque chose. Il avait agi. Il avait cogné Bobo Kelton. Il lui avait mis le nez en sang. Il ne pensait pas qu'il frapperait encore quelqu'un, mais il s'était prouvé qu'il était capable de le faire. Et c'est à ce moment-là, dans le bureau de M. Hobart, laissant les phrases du directeur emplir l'air mais pas ses oreilles, qu'il s'était fait le serment de ne plus jamais pleurer. Il n'était pas très sûr du rapport qui existait entre le fait d'avoir frappé Bobo Kelton et celui de ne plus jamais pleurer, mais c'était ainsi, voilà tout.

L'incident ne changea pas sa vie. Rebecca Tolland ne se jeta pas dans ses bras comme elle l'aurait fait si ç'avait été dans un film. En fait, elle l'ignora, comme d'habitude. Il était toujours aussi timide et détestait toujours répondre en classe. Ses camarades le regardèrent bizarrement pendant un jour ou deux, mais personne ne lui fit de remarque, ne l'acclama ni ne le hua. Bobo l'évita. Jason continua de manger seul à la cafétéria ou de garder le silence quand il était attablé avec d'autres écoliers. Parfois Danny Edison, un autre marginal, s'asseyait à côté de lui, mais ils ne parlaient pas de grand-chose.

Mais depuis ce jour-là, Jason n'avait pas pleuré. Pas de menton tremblant ni de larmes sur les joues. Jusqu'à ce moment, dans sa chambre, en pensant à ce qui était arrivé à Alicia Bartlett ; et son menton s'était mis à trembloter comme jadis.

Il se détourna quand Emma fit irruption dans la pièce, comme toujours sans frapper, ce qui l'énervait parfois. Mais il était heureux qu'elle ait surgi juste maintenant. Il se reprit et contrôla son menton en l'entendant dire :

– C'est trop moche pour Alicia Bartlett.

Une pause, puis :

– Ça va, Jason ?

Il hocha la tête en regardant par la fenêtre.

– Tu l'aimais beaucoup, non ?

Jason hocha de nouveau la tête en regardant une voiture de police remonter lentement la rue. Il se gratta la tête en la voyant approcher.

– Tu l'aidais toujours à faire ses puzzles ? demanda Emma.

Jason regarda la voiture faire demi-tour trois maisons plus haut.

– Je ne l'aidais pas vraiment. Elle s'y connaissait

drôlement bien. Mais ça me plaisait de la regarder faire.

– Je ne l'aimais pas vraiment, dit Emma.

Jason se retourna, tout étonné parce que Alicia lui avait toujours rappelé Emma.

– Oh, je sais qu'on est censé dire du bien de quelqu'un qui est mort. Mais je pense que c'était une chipie. À se conduire tout le temps comme si elle valait mieux que tout le monde. À toujours porter ce genre de robes. Et, mince alors, elle n'avait que sept ans.

Jason regarda Emma comme s'il ne l'avait encore jamais vue. Mais elle avait peut-être raison. Alicia lui tapait parfois sur les nerfs. Elle pouvait se montrer capricieuse, ne pas avoir envie de parler de tout l'après-midi, et, une fois, elle l'avait renvoyé chez lui en disant qu'elle n'était pas d'humeur à supporter de la compagnie. Mais la plupart du temps il était amusé par ses manières de petite vieille dame du monde, et elle écoutait ce qu'il avait à dire, ce qui n'était pas le cas d'un tas de gens.

– Mais je suis désolée qu'elle ait dû mourir. Si horriblement, dit Emma.

– Moi aussi, dit Jason.

– Tu me trouves horrible ? D'avoir dit ce que j'ai dit sur elle ?

Il lui sembla que le menton d'Emma commençait à trembler, et que ses yeux se mettaient à briller comme s'ils se remplissaient de larmes.

– Non, dit-il effrayé de se mettre lui aussi à pleurer.

C'est alors qu'il entendit sonner à la porte.

Un instant plus tard, sa mère vint lui dire que l'inspecteur de police voulait lui parler au sujet du meurtre d'Alicia Bartlett.

– Tu es la dernière personne à avoir vu Alicia Bartlett vivante, non ? À l'exception du meurtrier, bien sûr, ajouta promptement l'inspecteur Braxton.

Jason se sentit suffoquer comme si on lui avait donné un coup de poing dans le ventre, comme le jour où il s'était cogné contre Rod Pearson au cours d'une partie de foot et qu'il avait exhalé son souffle tel un ballon crevé. Il avait tenté d'inspirer ainsi qu'il le faisait maintenant, soudain soulagé que l'air recommence à emplir ses poumons ; pas comme l'autre fois où il gisait sur le terrain en attendant d'étouffer et de mourir.

L'inspecteur fixait Jason de ses yeux noirs. Il avait un visage maigre, quasi décharné, comme si sa peau était retenue serrée à l'arrière de son crâne. Ses yeux étaient injectés de sang. Il avait refusé la tasse de thé que lui avait proposée la mère de Jason d'un sec :

– Désolé, madame Dorrant. Le facteur temps a une importance primordiale et j'ai quelques questions capitales à poser à Jason.

Puis, se retournant vers Jason et se penchant en avant, il avait dit :

– Jason, je veux que tu fasses bien attention à me

rapporter très exactement tout ce que tu te rappelles de ta dernière visite à Alicia.

Plus tard, Jason se rendit compte qu'il n'avait pas raconté très exactement à l'inspecteur l'après-midi où Alicia était morte. Ce n'est pas qu'il avait menti. Il avait dit la vérité. Face au regard qui le transperçait, il avait répondu de son mieux au feu roulant des questions. Mais il n'avait encore jamais été interrogé par un policier, et il n'avait encore jamais eu d'ami assassiné. Et puis l'inspecteur semblait si impatient en l'interrogeant qu'il se sentait soulagé quand il était capable de lui fournir sur-le-champ une réponse.

Par exemple, quand l'inspecteur lui avait demandé si tout lui avait paru normal cet après-midi-là chez Alicia, Jason avait répondu oui sans hésiter. Parce que tout avait été normal. Alicia avait comme toujours fait ses chichis et ragé contre son puzzle, bien qu'elle fût championne dans l'art de mettre chaque pièce où il fallait. Son frère Brad avait été casse-pieds comme toujours, bondissant autour de la piscine, bousculant et poussant à l'eau ses copains Greg Chavin et Marv Galehouse, braillant et hurlant. De temps en temps, il jaillissait du bassin en s'ébrouant comme un gros chien, en aspergeant presque le puzzle, en essayant de faire bisquer Alicia. Il n'y avait rien de neuf dans tout ça. Brad essayait de faire bisquer tout le monde, bien qu'il eût épargné Jason cet après-midi-là. Franchement, c'était un type odieux. Incapable de ne pas s'agiter. Il vous donnait de petites tapes du plat de la main sur la poitrine quand il vous parlait, même quand il voulait se montrer amical. Et c'est pourquoi Jason avait dit à l'inspecteur que tout lui avait semblé normal.

Ensuite l'inspecteur avait enchaîné sur une nouvelle question, qui lui parut la même sous une autre forme :

– Alicia semblait-elle contrariée par quelque chose ?

Jason réfléchit un moment.

– Eh bien, son puzzle lui donnait du mal. Il était vraiment difficile. Un gros oiseau rouge, un cardinal, en mille pièces.

Il raconta à l'inspecteur qu'Alicia avait dressé une table de bridge sous le patio, pas très loin de la piscine. C'est pourquoi elle avait dû crier à Brad de cesser d'éclabousser un peu partout. Elle avait déjà placé les pièces qui formaient les bords du puzzle. C'était la partie la plus facile. Toutes les autres pièces paraissaient identiques à Jason.

L'inspecteur leva les yeux de son carnet, secoua la tête et Jason se rendit compte que ces détails l'impatientaient. Il conclut très vite :

– Finalement, son puzzle l'a exaspérée, et elle a fait tomber de la table toutes les pièces, qui se sont éparpillées à travers le patio.

– Semblait-elle contrariée par autre chose que son puzzle ?

– Eh bien, Brad la taquinait, mais il la taquinait toujours. Il taquinait toujours tout le monde.

L'inspecteur ne dit rien. Il resta assis à regarder Jason, jusqu'à ce que Jason commence à se sentir un peu mal à l'aise. Il souhaitait de toutes ses forces trouver un indice pour faire plaisir l'inspecteur, mais, à sa connaissance, il n'en existait pas.

– À quelle heure as-tu quitté Alicia ? demanda l'inspecteur.

Jason hésita. La veille, il ne portait pas sa montre. Il ne portait jamais de montre pendant les vacances, parce que le temps n'avait pas d'importance.

– Je ne sais pas trop. Quelques minutes après le départ de Brad et de ses copains. J'ai aidé Alicia à ramasser les pièces du puzzle et nous les avons emportées dans la maison avec la table de bridge. Elle m'a proposé un verre de citronnade, mais j'ai compris qu'elle n'était pas de très bonne humeur et je suis reparti chez moi.

– As-tu vérifié l'heure de ton arrivée à ton domicile ?

– Oui, dit Jason, ravi de pouvoir enfin lui fournir une information précise. Je me rappelle que l'horloge du vestibule sonnait quatre coups quand je suis rentré.

– Tu avais mis combien de temps à rentrer de chez Alicia ?

Jason haussa les épaules.

– Quatre ou cinq minutes. Elle vit juste au bas de notre rue.

Elle vivait, elle ne vit pas, se corrigea Jason, et ce rappel de sa mort le submergea comme une vague, mais il était décidé à se contrôler. À rester droit dans ses bottes.

– Tu n'as rien vu de suspect dans la rue en rentrant ?

– En fait, je n'ai pas remonté la rue. Je suis passé par les jardins.

Il était fier de pouvoir se maîtriser. Il précisa :

– Et je n'ai vu personne.

– Alicia était seule à la maison quand tu l'as quittée ?

– Tout à fait. Elle allait à la cuisine pour chercher de la citronnade quand je lui ai dit : « À plus. » Et je suis rentré chez nous.

– Tu dis que tu y es arrivé à quatre heures. Il y avait quelqu'un chez toi ?

– Non. Ma mère et ma sœur sont rentrées vers...

Il se tourna vers sa mère pour implorer son aide.

– Nous sommes arrivées presque en même temps, Emma et moi, dit sa mère. Peut-être aux alentours de cinq heures, quelque chose comme ça.

Elle hésita, fronça les sourcils.

– Pourquoi toutes ces questions sont-elles si importantes, inspecteur ?

– Tout est important, madame Dorrant. Particulièrement les informations que peut nous fournir Jason. Nous n'avons trouvé personne qui ait vu Alicia après que Jason l'eut laissée chez elle. Mais en reconstituant le temps de déplacement de votre fils, en établissant ainsi une sorte d'horaire, nous espérons pouvoir reconstituer les faits et gestes d'Alicia depuis ce moment-là. Par exemple, nous savons à présent qu'Alicia était seule chez elle vers seize heures, quand Jason l'a quittée.

Ils se turent quelques minutes. Jason jeta un coup d'œil à Emma, dont les yeux brillaient d'intérêt. Elle avait commencé il y avait un petit bout de temps à écrire un polar et tout ça lui fournissait du matériel de première main.

– Rien d'autre à nous dire, Jason ? reprit l'inspecteur.

Jason secoua la tête.

L'inspecteur referma son carnet d'un coup sec. Tous ses gestes étaient rapides, sans effort superflu.

– Prends contact avec nous si tu te souviens de quelque chose, dit-il en se levant.

Après le départ de l'inspecteur, la mère de Jason lui avait dit qu'il s'était très bien tiré de son interrogatoire.

– Je sais quelle épreuve ç'a dû être pour toi, elle avait ajouté en lui caressant la joue.

Mais en retournant dans sa chambre, Jason se demandait s'il s'en était vraiment bien tiré, comme l'avait affirmé sa mère. Il se jeta sur son lit en essayant de mettre de l'ordre dans ses idées, en essayant de reconstituer tout ce qui s'était passé cet après-midi-là. Qu'est-ce qu'il n'avait pas raconté à l'inspecteur, et y avait-il quelque chose d'important là-dedans ?

Ce qu'il n'avait pas raconté : qu'il se demandait si Alicia n'était pas contrariée par plus que son puzzle, et si Brad n'y était pas pour quelque chose.

Il se rappela comment Alicia regardait la piscine en hurlant à Brad de se tenir un peu tranquille :

– Comment diable puis-je me concentrer avec tout ce boucan ? elle avait crié.

Diable lui avait fait un drôle d'effet. Ce n'était pas vraiment un juron, mais le mot l'avait choqué dans la bouche d'Alicia qui était une petite fille si délicate, si convenable.

– Qu'est-ce qu'il y a, Alicia ? lui avait-il demandé. T'es en rogne ou quoi ?

– Pas plus que d'habitude, elle avait dit en montrant du menton Brad et ses copains. Il me fait sortir de mes gonds.

Jason avait secoué la tête avec tendresse et admiration. *Sortir de mes gonds.* Une expression de grand-mère. C'est pour des choses comme ça qu'il se plaisait tellement avec Alicia. Elle se conduisait parfois comme une petite vieille dame qui appartiendrait à une autre époque. Tandis que la plupart des gamins de son âge passaient des heures sur Internet, elle, elle faisait des puzzles. Elle portait la plupart du temps une robe et on ne la voyait pratiquement jamais en pantalon ou en short, même les jours de canicule. Et elle grondait Brad comme si elle avait été sa grande sœur. Pas sa petite sœur.

Il ferma les yeux. Il revit Alicia travailler sur ce puzzle avec lui en essayant d'ignorer le charivari de la piscine.

Alicia a finalement fait son tri et commencé à poser chaque pièce à sa place tout en ronchonnant et fronçant les sourcils comme toujours.

Brad et ses copains ont enfin quitté le bassin et ils s'épongeaient au soleil. Brad s'est baladé sous le patio, avant de s'arrêter, debout, à contre-jour.

– Alicia, qu'est-ce qui se passerait si je glissais accidentellement et renversait cette petite table ?

Il a appuyé sur le mot *accidentellement*.

Alicia lui a lancé un regard fulgurant.

– Tu n'as pas encore fait assez de dégâts pour la journée ? elle a articulé d'une voix froide comme un glaçon, pas du tout une voix de petite sœur.

Brad est resté planté là, le soleil dans le dos, si bien qu'on ne pouvait pas voir l'expression de son visage.

Alicia continuait de le fixer comme si elle attendait qu'il réponde.

– Oui ou non? elle a craché.

Brad lui a brusquement tourné le dos et il a rejoint ses amis. Quand Jason a relevé les yeux, ils étaient partis, en laissant planer derrière eux un lourd silence.

Alicia a marmonné quelque chose entre ses dents.

– Qu'est-ce que t'as dit? il lui a demandé.

– C'est pas tes oignons, elle a répliqué.

Et c'est alors qu'elle a balayé de la main le plateau de la table et fait voler les pièces dans toutes les directions.

Elle est restée assise un instant à regarder les pièces éparses. Jason a cru qu'elle allait se mettre à pleurer. Au lieu de quoi, elle a décrété:

– J'en ai assez de ce puzzle. Rentrons boire quelque chose de frais. Maman a préparé de la citronnade.

Ses lèvres tremblotaient. Ses mains tremblaient carrément.

Et les lèvres de Jason tremblaient également quand il ouvrit les yeux et fixa au plafond l'alarme en cas d'incendie. Aurait-il dû entrer dans tous ces détails avec l'inspecteur? Ou bien Alicia et Brad n'avaient-ils qu'une de leurs chamailleries habituelles? Aurait-il eu l'air idiot s'il en avait parlé et que ça se soit révélé n'être rien du tout? Il avait eu bien trop souvent l'air idiot dans sa vie. Et puis, de toute façon, est-ce que tout ça avait la moindre importance? Alicia morte – et l'idée accablante de sa mort le fit frissonner –, ça voulait dire quoi, une dispute ? En ce moment Brad était probablement plus triste que n'importe qui en pensant à la façon dégueulasse dont il avait traité sa sœur le jour où elle était morte. Le jour où elle avait été assassinée. Pauvre Brad, se dit Jason. Mais surtout pauvre Alicia.

Cette fois, il n'essaya pas de retenir ses larmes. Mais elles ne coulèrent pas. Ses yeux étaient secs. Et c'était encore pire que pleurer.

— Vous avez quoi ? questionna Alvin Dark.

– Un suspect, dit Braxton.

– Et quoi d'autre ?

– Un sénateur qui m'accule au pied du mur, la presse et la télévision qui me harcèlent de questions auxquelles je ne peux répondre. Un quartier de la ville en armes, ce qui va devenir explosif si je... si nous ne trouvons aucun os à leur donner à ronger.

Le procureur général ne semblait guère compatissant en sirotant son café. Il avait l'air à son aise et décontracté. Pourquoi ne l'aurait-il pas été ? Il s'était débrouillé pour quitter le commissariat central le temps de faire un somme.

– Mais vous avez un suspect, dit-il.

Sarcastique ? Narquois ?

– Et une intuition.

Braxton se rendit compte que cette assertion devait paraître minable. Pourtant ses intuitions avaient souvent payé dans le passé. Et Alvin Dark le savait.

Mais Dark ne relâcha pas la pression.

– Les intuitions n'ont aucun poids devant les grands jurys. Ni devant les cours d'assises. Vous savez pertinemment ce qu'il leur faut.

– Bien sûr, fit Braxton. Il leur faut des preuves.

Il se sentait comme un écolier, et il était fou furieux que Dark, son cadet de deux ans, le fasse se sentir en face de lui comme un écolier.

– Et vous n'avez rien qui relie le suspect au crime ? demanda Dark. Outre votre intuition, ajouta-t-il sèchement.

– Mon intuition a bien fonctionné dans le passé. Les preuves ont suivi.

– Mais pouvez-vous vous payer le luxe d'attendre qu'elles suivent ?

– En fait, ce dont nous avons besoin, c'est d'un aveu, avança Braxton.

– Un aveu de votre suspect.

Encore cette note d'ironie ? Il est temps de jouer mon atout, se dit Braxton. Et il le fit.

– Il y a un spécialiste de l'interrogatoire. Un certain Trent. Qui opère dans un bled du Vermont. Il a une réputation du tonnerre de Dieu. On prétend qu'il ferait saigner une pierre.

– Son nom me dit vaguement quelque chose. Développez.

– Eh bien, il dirige des séminaires un peu partout. On le demande dans tout le Nord-Est. Il aime les affaires difficiles. Les défis.

– Qu'est-ce qui vous fait croire qu'il viendrait à Monument ?

– Gibbons, affirma Braxton. Gibbons est un

champion de l'ordre public. Un homme influent, avec ça. Président d'importantes commissions sénatoriales. Quelqu'un qui peut vous servir de tremplin vers les cimes. Or Trent est ambitieux. Le sénateur nous servira d'appât.

Alvin Dark savourait toujours son café. Lentement. Délibérément.

– Je n'aime pas que des étrangers se mêlent de nos affaires, lâcha-t-il enfin.

– C'est un type pas ordinaire, insista Braxton. Il appartient à cette nouvelle race de flics entraînés à arracher des aveux. Il n'échoue jamais.

Dark resta muet. Il prit tout son temps pour terminer son café, et s'essuyer délicatement les lèvres avec sa serviette. Puis il fit pivoter sa chaise vers la fenêtre.

– Il erre quelque part ici, Braxton. En liberté. Celui qui a fait le coup. Le tueur d'enfant. Que ce soit ou non votre suspect. Avoir dans les parages un tueur en liberté, c'est ça qui me taraude.

– Moi aussi, dit Braxton en mettant la main devant la bouche pour dissimuler le bâillement qu'il ne pouvait plus réprimer.

Alvin Dark mit enfin les pouces. Il aimait se voir en homme d'action.

– O.K. Appelez ce Trent, fit-il d'un ton de commandement, comme si Braxton était un de ses subalternes.

– Parfait, dit Braxton, sans se soucier des airs supérieurs du procureur.

L'important, c'était de faire venir Trent, et non d'engager un duel d'ego avec Alvin Dark. Il voulait lâcher Trent sur le gamin pour le contraindre à reconnaître sa culpabilité. C'était une perspective presque aussi plaisante qu'une nuit de sommeil.

Trent reçut l'appel de l'inspecteur de police George Braxton tout de suite après avoir obtenu les aveux d'Adolf Califer, respectable courtier qui reconnut finalement avoir étranglé son voisin de palier avec qui il traitait une affaire délictueuse.

Califer s'était montré retors durant l'interrogatoire. Il répliquait aux questions de Trent par des questions de son cru ou des réponses qui n'en étaient pas. Il avait réussi à éviter les pièges verbaux de Trent, et il semblait y prendre autant de plaisir que s'il s'agissait d'une partie de ping-pong ou d'une reprise d'escrime. Parfois, il ne se contentait pas d'anticiper les questions, il y répondait avec empressement, tellement assuré qu'il était de ses défenses, tellement confiant en ses ripostes.

Pendant un instant, Trent s'était demandé si Califer serait son premier échec. Il pensa aux réactions des autres flics et inspecteurs du service, qui seraient ravis de le voir échouer. C'était un petit commissariat, avec une équipe de dix agents à plein temps responsables d'Highgate, une ville du Vermont proche de la frontière canadienne. Trent savait que les autres policiers ne l'avaient pas à la bonne. Il n'était pas coulé dans le même moule qu'eux. Depuis le début. Il avait quitté les bancs de l'université où il préparait un diplôme de psychologie pour assouvir un rêve d'enfant : devenir flic. Il avait continué à suivre des cours, en passant de la police des rues à la brigade criminelle. Sa carrière n'était pas spectaculaire, mais il avait néanmoins remporté quelques jolis succès, notamment dans l'interrogatoire des témoins et des suspects. La population d'Highgate s'accroissait considérablement pendant la période des sports d'hiver, et il s'était distingué en faisant avouer quatre horribles meurtres à un tueur en série. Les gros titres des journaux qui rapportaient la chose avaient solidement assis sa réputation.

D'autres commissariats le sollicitèrent. Il perfectionna sa technique, étudia toutes les méthodes possibles d'interrogatoire et élabora en fin de compte son propre système. Il animait à l'occasion des séminaires, et il envisageait de rompre un jour complètement avec la routine policière et l'interminable litanie des aveux. Il était conscient d'attendre l'affaire qui assurerait son avancement.

Mais, pour l'instant, il y avait Califer.

En se concentrant sur lui, Trent commençait à se fatiguer de jouer au chat et à la souris. Il avait un as dans sa manche. Mais il fallait l'abattre au bon moment et patienter avant de trouver l'ouverture.

Il laissa donc Califer mener son jeu de cache-cache durant l'interrogatoire Les interrogatoires requéraient de la souplesse et de la subtilité dans les limites des règles que Trent s'étaient fixées. Et le mot d'ordre était parfois de jouer patiemment l'attente. Les armes dont il disposait devaient intervenir dans le jeu au moment crucial, pas avant. Ces armes étaient bien entendu des informations que le suspect ne savait pas en possession de Trent. Ou, plus souvent, une compréhension du suspect que Trent avait acquise durant l'interrogatoire.

À un moment où Califer n'était plus sur ses gardes, et devenait par conséquent vulnérable, Trent avança son pion décisif.

– Comment s'appelait votre fille ? demanda-t-il soudain tout à trac, innocemment, presque familièrement.

Estomaqué, Califer se détourna en baissant les yeux pour la première fois depuis le début de l'interrogatoire. Quand il regarda de nouveau Trent, il ne put cacher son étonnement. Trent se rendit compte que ses défenses étaient ébranlées.

– Elle est morte, dit enfin Califer, avec résignation, les épaules voûtées, le menton tombant sur la poitrine.

– Je sais, susurra Trent, d'une voix apaisante et compatissante en même temps, une des nombreuses voix dont il se servait durant ses confrontations avec les suspects.

– Elle n'avait que cinq ans lorsqu'elle est morte, reprit Califer dont la voix se brisa.

Trent n'avait pas seulement attendu le bon moment pour poser la question, il avait attaqué Califer de l'intérieur, pas de l'extérieur, en touchant le point où l'autre était vulnérable.

Califer avoua dix minutes plus tard.

Et Trent reçut l'appel de l'inspecteur George Braxton cinq minutes après ces aveux.

– J'appelle du Massachusetts. De Monument. On a besoin de vos services, ici. Désespérément besoin.

– Et pourquoi? demanda d'un ton sec Trent qui subodorait la réponse.

– La ville est en effervescence à cause de l'assassinat d'une enfant. On a un suspect à interroger. Pouvez-vous nous donner un coup de main?

Carl Seaton et Califer en l'espace de six jours. Il n'avait pas envie d'enchaîner si tôt sur un autre.

– Comment m'avez-vous déniché? demanda-t-il, en sachant bien qu'il était en train de gagner du temps, qu'il ne pourrait jamais résister à un appel à sa compétence.

– Votre bureau de Highgate nous a donné votre numéro de téléphone à Rutland. Je suis resté en ligne jusqu'à ce que vous ayez bouclé votre interrogatoire en cours. Félicitations. Un succès de plus à votre actif, d'après ce que j'ai su.

Les félicitations de Braxton sonnaient creux, mais lui faisaient tout de même plaisir. Trent soupçonnait cependant ce qui intéressait vraiment Braxton. Et Braxton lui prouva sur-le-champ qu'il ne se trompait pas en ajoutant:

– Pouvez-vous venir à Monument?

– Où est Monument? demanda Trent mais seulement pour entretenir la conversation.

– Au centre du Massachusetts. À environ quatre heures d'Highgate.

Trent l'entendit marquer une pause.

– Le sénateur Gibbons s'intéresse à l'affaire. Il m'a dit de vous le signaler. Son petit-fils connaissait la victime. Ils étaient ensemble en CE2.

Braxton avait abattu son as et Trent sentit s'éveiller son intérêt. Le sénateur était un homme influent. Un homme puissant. Il s'était fait l'avocat de nombreuses lois réprimant sévèrement les crimes. Le genre de type à avoir dans sa manche.

– Racontez, dit-il.

Il perçut le soulagement de Braxton pendant que celui-ci lui décrivait une situation qui n'était que trop familière. L'enfant assassinée, la ville sous pression, le suspect.

– C'est plus qu'un suspect. C'est quelqu'un que nous croyons coupable. Un voisin de la victime, âgé de douze ans, ajouta Braxton.

– Des preuves ?

– C'est ça, le hic. Pas de preuves matérielles. Pas de témoins. Pas d'armes. Pas d'empreintes digitales. C'est pourquoi on vous appelle. Nous avons un suspect qui correspond au profil. Mais il nous faut des aveux. Sinon il nous filera entre les doigts.

– Un scénario valable ?

La réponse le convaincrait d'accepter ou de refuser la mission. Braxton n'hésita pas un instant.

– Absolument. Nous savons comment vous avez fait craquer Fallow et Blake.

Trent fronça les sourcils. Blake avait été un névropathe avec une prédisposition pour l'aveu.

– Les contingences matérielles ?

– Le sénateur Gibbons assurera votre transport. Il tiendra un chauffeur à votre disposition. On vous prendra où vous voudrez quand vous voudrez.

– Je disposerai de combien de temps avec le suspect ?

– Trois heures, peut-être quatre.

– Les parents ?

– Le père est en voyage d'affaires. Nous pensons que la mère acceptera le scénario.

L'esprit de Trent résonnait encore de sa séance d'interrogatoire avec Califer, du ping-pong des questions et réponses, de cette voix trop unie, trop pleine d'assurance, et de l'effort qu'il lui avait fallu faire pour le briser. En son for intérieur, quelque chose le poussait frénétiquement à refuser cette nouvelle mission. *Mais est-ce que je veux rester flic dans une petite ville toute ma vie ?* Comment refuser une affaire qui ferait d'un sénateur aussi influent son débiteur ?

– Faxez-moi les détails, dit-il, en donnant son numéro à Braxton. Tout ce que vous savez. En clair. Je ne veux pas avoir à lire entre les lignes. Et je ne veux pas de surprise plus tard.

– D'accord, acquiesça Braxton.

– Que votre chauffeur passe me prendre à Highgate demain matin à six heures pile.

– D'accord, redit Braxton.

Trent raccrocha. Il se méprisait d'avoir laissé un politicien emporter sa décision. Mais, de toute façon, il se méprisait depuis déjà longtemps.

En entrant dans le commissariat, Jason fut surpris de se trouver dans un endroit normal qui aurait pu être le hall de n'importe quel bureau d'un centre commercial de Monument.

Il s'attendait à des sonneries de téléphone incessantes, une travée d'écrans de contrôle rendant compte de toutes sortes d'activités, un va-et-vient permanent d'agents de police, et des inspecteurs en civil fumant le cigare accoudés à leur bureau, comme à la télé ou dans les films. Au lieu de quoi, il se retrouva dans une petite cabine occupée par un type grisonnant en chemise blanche amidonnée et cravate bleue assis à un bureau derrière une glace sans tain. L'endroit était tellement silencieux qu'on entendait le bourdonnement du conditionneur d'air.

L'agent Henry Kendall, qui avait accompagné Jason au commissariat, fixa le type et hocha la tête. Le type poussa apparemment un bouton caché qui fit coulisser une porte à leur gauche. L'agent Kendall conduisit Jason dans un autre bureau qui était aussi nu et austère que le vestibule du bureau du principal au collège. Pas de tableaux aux murs, pas de tables ni de chaises, pas de rideaux aux fenêtres.

– Les autres vont être là dans une minute ou deux, dit l'agent Kendall d'une voix douce et aimable. Tu nous seras d'un grand secours pour l'enquête, Jason. Tu t'en tireras très bien.

Après son départ, la fraîcheur de la pièce fit frissonner Jason. Il alla à la fenêtre et regarda la Grand-Rue. La circulation s'écoulait lentement, comme si la chaleur du dehors accablait aussi les voitures et les camions. Les piétons se traînaient paresseusement, comme au ralenti. Jason pensa à sa mère et se demanda s'il n'avait pas fait une bêtise en venant ici. Puis il se demanda pourquoi il se demandait ça.

Un peu plus tôt dans la matinée, en regardant par la fenêtre de sa chambre, il avait été surpris de voir une voiture de police rouler vers l'allée du garage. Une nouvelle visite des flics ? Son souffle s'était fait plus court, les battements de son cœur s'étaient accélérés. Y avait-il une urgence ? Mais la lampe bleue et blanche du toit n'était pas allumée, et l'agent rougeaud qui en sortit remonta l'allée jusqu'à la porte d'entrée sans se presser.

Quand Jason entendit tinter la sonnette, il se figea sur place en ordonnant à son cœur de se calmer s'il le pouvait. La vue de l'agent lui évoquait l'image d'Alicia telle qu'il l'avait vue chez elle pour la dernière fois. *Pour la dernière fois.* Pauvre Alicia.

– Jason.

La voix de sa mère sembla lui parvenir de très loin.

Un instant plus tard, il se retrouva au salon avec elle et l'agent.

– Voici l'officier de police Kendall, lui dit sa mère. Il vient te demander ton aide dans l'enquête.

– En fait, nous avons demandé à pas mal de gens de nous aider, expliqua l'agent.

– Votre inspecteur a déjà parlé hier à Jason. Un long moment, dit sa mère.

– Je sais, madame Dorrant, fit l'agent, d'une voix étonnamment douce pour un homme de sa corpulence. Mais nous essayons une nouvelle façon d'aborder les faits. Nous avons au commissariat des enquêteurs spécialisés dans les interrogatoires, qui vont demander ce qu'ils ont vu aux gens qui étaient lundi dans la rue.

– Mais j'ai déjà dit à l'inspecteur que je n'ai rien vu du tout, intervint Jason.

Il regretta sur-le-champ d'avoir parlé. Cette assertion l'éliminerait sans doute des interrogatoires et il avait vraiment envie de participer à l'enquête.

– Nous le savons bien, Jason, dit l'agent. Mais ces experts dont je te parle font réfléchir vraiment les gens à ce qu'ils peuvent avoir vu. Il arrive parfois qu'on ait effectivement vu quelque chose sans en être conscient. Ou qu'on ait entendu des choses qui ne nous ont pas paru importantes au moment où nous les entendions. Ce genre d'interrogatoire peut faire surgir une preuve qui n'avait pas l'air d'en être une…

Jason soupira de soulagement quand sa mère dit à l'agent :

– Eh bien, je suis sûre que Jason ne demande pas

mieux que de vous aider. C'est un gentil petit bonhomme.

– Parfait, dit l'agent Kendall. Je peux l'emmener tout de suite au commissariat où il rejoindra les autres.

– Ça lui prendra combien de temps ? demanda la mère de Jason.

– Oh, peut-être deux ou trois heures. On vous le ramènera quand ça sera fini.

La mère de Jason fronça les sourcils. Il y eut comme un éclair de doute dans ses yeux.

– Mon mari n'est pas à Monument. Il ne rentrera pas avant demain.

Qu'est-ce que ça vient faire là-dedans ? se demanda Jason, inquiet que sa mère change d'avis et ne le laisse pas suivre l'agent.

L'agent fronça lui aussi les sourcils.

– Madame Dorrant, nous faisons tout ce que nous pouvons pour découvrir qui a fait une chose aussi horrible à cette petite fille.

Sa voix était si douce, si gentille que Jason se demanda si ce type était capable d'arrêter quelqu'un.

La mère de Jason hocha la tête.

– Bon. Eh bien, je pense qu'il est important pour mon fils de vous aider dans la mesure de ses moyens, soupira-t-elle.

Mais elle semblait sceptique. Elle ajouta :

– Combien de gens allez-vous interroger en plus de lui ?

– Quatre ou cinq. Des jeunes, surtout, parce qu'il y en avait sûrement lundi dans la rue. Jason doit les connaître.

Il jeta un coup d'œil à sa montre.

– Il est important que nous y allions maintenant, parce que le facteur temps est primordial, on a dû vous le dire.

– Oui. Je l'accompagnerais bien, précisa-t-elle, toujours réticente, mais Emma a rendez-vous chez le médecin dans une demi-heure et ces rendez-vous sont si difficiles à obtenir...

Elle regarda anxieusement Jason qui piaffait, impatient de suivre l'agent. Celui-ci consulta une seconde fois sa montre.

– Bon. D'accord, acquiesça-t-elle enfin. Fais de ton mieux, Jason.

Elle ajouta, pour l'agent :

– Tout ça le chamboule vraiment, vous savez.

Cette fois, ce fut au tour de Jason de froncer les sourcils.

– Voyons, m'man ! dit-il.

Elle eut un sourire triste et se résigna :

– Bon. Vas-y.

Et maintenant, il se retrouvait dans ce bureau sinistre, et il se demandait si sa mère n'avait pas eu raison de s'inquiéter. Il n'avait rien vu d'insolite. Il allait sans doute passer pour un frimeur.

La porte s'ouvrit dans son dos et l'agent Kendall reparut avec deux types que Jason reconnut : Jack O'Shea et Tim Connors. Deux des sportifs du collège. Ils portaient toujours une casquette de base-ball à l'envers, et se faisaient sans cesse des passes avec un ballon de basket. À présent, ils n'avaient ni leur casquette ni leur ballon, mais ils entrèrent dans la pièce avec cette façon de rouler des épaules en marchant qui était propre aux sportifs. Ils étaient suivis de Danny Edison, un type qui s'asseyait quelquefois à la même table que Jason à la cafétéria. C'était un maigrelet au visage tendu et ravagé d'acné.

Jason fut content de voir entrer Jimmy Orlando. Jimmy était un type normal. Pas un athlète, pas une grosse tête. Juste un type dans la norme, quoi. Comme Jason espérait que les autres le voyaient quand ils le regardaient.

L'agent Kendall dit :

– L'inspecteur Braxton sera là dans un instant, les petits gars, et il vous tuyautera sur tout. C'est lui qui est chargé de l'enquête.

Après son départ, ils restèrent tous gauchement debout dans la pièce. Les deux costauds se replièrent vers la fenêtre où ils tinrent un conciliabule comme deux conspirateurs. Jimmy sortit de son blouson un livre de poche qu'il se mit à lire en s'appuyant au mur.

Danny s'approcha de Jason. Ils s'entre-regardèrent un petit moment.

– C'est cool, non, lança enfin Danny, en murmurant presque. Je veux dire, participer à une enquête et tout ça ?

Jason, heureux de parler avec quelqu'un, hocha la tête.

– Qu'est-ce qui va se passer, tu crois ? demanda-t-il.

– Je ne sais pas. On va faire notre déposition. J'espère que nous n'aurons pas à écrire ; comme un genre de devoir, je veux dire. Je suis nul en rédaction.

– Ils enregistreront peut-être nos réponses, dit Jason. Nous n'aurons qu'à parler, c'est tout.

Ils se turent. Les deux costauds continuaient à se concerter devant la fenêtre, mais ils jetaient de temps à autre un petit coup d'œil à Danny et Jason. Jimmy tourna une page de son livre, mais Jason eut le sentiment qu'il ne lisait pas pour de bon.

– Tu ne te sens pas tout drôle ? demanda Danny.

– Si. Parce que je ne sais pas ce que je vais raconter, tu comprends. Je n'ai rien vu d'insolite hier après-midi.

Danny secoua la tête.

– À propos d'Alicia Bartlett, je veux dire. Tu es le dernier à l'avoir vue vivante.

D'étonnement, Jason fronça les sourcils. Il n'avait pas pris conscience que sa visite lundi chez Alicia était devenue comme un secret de polichinelle. Est-ce pour ça qu'il me parle ? se demanda-t-il. Par curiosité, pour avoir des informations de première main ? Il corrigea :

– Je suis *l'un* des derniers à l'avoir vue vivante.

Danny baissa les yeux en rougissant. Du coup, son acné parut prendre vie, les boutons tranchèrent plus que jamais sur sa peau.

– S'cuse-moi, fit-il. C'est ce que je voulais dire.

Jason se rendit compte en même temps que les costauds lorgnaient de son côté. Leurs regards s'attardaient sur lui. Il se sentit mal à l'aise. Comme il détestait attirer l'attention ! Enfin quoi, c'est pour ça qu'il ne levait jamais la main en classe ! Il sentit ses joues devenir brûlantes. Encore une chance qu'il n'ait pas d'acné, lui. Tout le monde avait-il entendu parler d'Alicia Bartlett et de lui ?

Le silence revint. Jimmy Orlando referma son livre et resta appuyé au mur. Les deux costauds tournèrent à nouveau le dos à la pièce et se remirent à regarder par la fenêtre. Danny parut fixer quelque chose au-dessus de l'épaule de Jason. La pièce se refroidit brusquement, comme si quelqu'un avait monté la climatisation.

La porte s'ouvrit enfin et l'inspecteur Braxton pénétra dans la pièce. Toujours maigre et tendu comme s'il était fait d'acier plutôt que de chair et d'os.

– Je suis l'inspecteur Braxton et nous sommes prêts à commencer, les gars, déclara-t-il avec sa brusquerie et son souci d'efficacité habituels. Nous vous sommes vraiment reconnaissants de votre coopération et nous espérons qu'il en sortira une information vitale, une information que vous ne savez même pas détenir.

Il les regarda tour à tour et s'arrêta finalement à Jason, qu'il ne sembla pas reconnaître.

– Voilà comment ça se passera.

Il sortit un bloc-notes d'une poche de sa veste et l'ouvrit d'une pichenette. Il expliqua, les yeux fixés sur le bloc :

– Vous allez être questionnés par des spécialistes de l'interrogatoire. Deux d'entre vous, John O'Shea et Timothy Connors seront interrogés en même temps parce qu'ils ont passé presque toute la journée d'hier ensemble. Les autres seront questionnés individuellement.

Il leva les yeux pour préciser :

– Le temps est capital, messieurs. Nous allons donc commencer sur-le-champ avec...

Il consulta à nouveau le bloc-notes.

– Avec Jason Dorrant.

Ses yeux se fixèrent sur Jason, qu'il parut identifier pour la première fois.

– O.K., Jason. Je vais te conduire auprès de ton spécialiste.

Il lança aux autres :

– Je reviens tout de suite.

Jason suivit l'inspecteur Braxton hors du bureau, en se demandant une fois encore s'il n'avait pas commis une erreur en venant ici.

Quand Trent plongea brusquement dans un bain d'air conditionné en montant dans la limousine, il fut surpris de voir une jeune femme assise sur la banquette arrière.

– Je m'appelle Sarah Downes et je travaille au bureau du procureur à Wickburg, lui annonça-t-elle. L'inspecteur Braxton m'a demandé de venir en voiture avec vous à Monument et de vous fournir quelques informations sur le contexte du crime.

– C'est très aimable de sa part, dit Trent, en dissimulant son irritation et sa consternation.

Il n'appréciait guère les surprises, tant dans sa vie privée que dans ses interrogatoires. Il avait prévu un long voyage tranquille pendant lequel, seul avec ses pensées, il passerait en revue les éléments de procédure qui l'attendaient. Toutefois, un entretien oral pourrait lui faire gagner du temps. Et le temps était toujours un facteur important des interrogatoires.

– Votre réputation vous a précédé, dit Sarah Downes. J'ai lu vos rapports, j'ai écouté vos enregistrements. Ils m'ont aidée dans mes propres interrogatoires.

Elle hésita comme si elle souhaitait en dire plus, et décida de ne pas le faire.

– Merci, dit Trent en se carrant dans la limousine qui roulait moelleusement.

Les vitres teintées les isolaient du reste du monde. Le chauffeur n'était qu'une forme sombre au volant derrière la vitre de séparation.

– Braxton m'a chargée de vous dire que le scénario était au point. Le suspect a été conduit au commissariat avec quatre autres garçons du voisinage. Bien entendu sous le prétexte d'aider l'enquête. Il sera mis à l'écart des autres pour vous. Tout ça est chronométré en fonction de votre arrivée.

Quelque chose dans sa voix, une intonation, une inflexion, qu'il ne put immédiatement interpréter, incita Trent à la regarder. Pas de maquillage, sauf un soupçon de rouge à lèvres; un tailleur gris classique, un chemisier blanc. Discrète et élégante de la tête aux pieds. Trente ans, à un an près, en plus ou en moins. Attirante dans un style sobre, sans rien de flamboyant.

Trent se sentit vieux à côté d'elle. La fraîcheur, la netteté de la jeune femme contrastaient avec son propre – quoi? Pas seulement son âge, bien qu'il fût son aîné de peut-être dix ou quinze ans. Non. Tous ces aveux, tous ces actes horribles dont il avait dû écouter le récit, qui étaient devenus en quelque sorte une partie de lui-même, les séparaient bien plus que leurs écart d'âge. Ils étaient séparés par des mondes entiers.

– Bien. Quid du contexte? demanda-t-il.

– Lisez d'abord le fax. Braxton est très consciencieux.

– J'aimerais l'apprendre de votre bouche. Parlez-moi du suspect.

– Il s'appelle Jason Dorrant. Il a douze ans. Timide, plutôt introverti. Jamais d'histoire avec la police. Mais l'année dernière il a agressé un de ses camarades de classe dans la cafétéria. Apparemment sans provocation. Il connaissait la victime, habitait la même rue, est l'un des derniers – sinon le dernier – à l'avoir vue vivante. Braxton est convaincu qu'il a fait le coup.

Encore cette intonation. Une pointe de doute. L'instinct de Trent le trompait rarement. C'est à cela qu'il devait tant de succès. Il se laissa guider par lui pour demander:

– Et vous?

Elle regarda avec étonnement.

– Moi?

– Oui, vous. Êtes-vous convaincue que c'est lui qui a fait le coup?

– Mon opinion n'a pas d'importance.

– Si, répliqua Trent. Elle en a. Tout a de l'importance. Et je dois savoir tout ce qu'il est possible de savoir avant d'entamer l'interrogatoire.

Elle haussa les épaules.

– Très bien. Je reconnais que j'ai quelques doutes. Il n'y a rigoureusement aucune preuve matérielle. Rien qui relie le garçon à la scène du crime. Et je me demande si Braxton ne cède pas à la pression. Celle de la ville, celle du sénateur. S'il n'agit pas trop précipitamment.

– Y a-t-il un autre suspect?

– Pas vraiment. On interroge les membres de la famille de la victime, bien entendu. Mais le père, la mère, le frère peuvent tous rendre compte de leurs mouvements et de leur emploi du temps. Le père était au bureau, la mère faisait des courses avec une amie. Le frère de treize ans, Brad, a passé tout l'après-midi avec deux copains. Pas d'autre piste. Ça nous laisse Jason.

Une mèche de cheveux s'était échappée de sa coiffure et retombait sur son front. Elle la remit en place.

– C'est une situation qui me met mal à l'aise. Il n'y a rien qui puisse l'incriminer réellement.

– Vous omettez quelque chose, mademoiselle Downes.

– Quoi?

– L'interrogatoire.

Le visage de la jeune femme se crispa. Elle serra les lèvres.

– Vous ne croyez pas que l'interrogatoire va nous révéler la vérité? demanda Trent.

Elle soupira en se tournant vers lui.

– Il devrait.

Elle haussa derechef les épaules.

– Oui, il devrait. Mais...

– Mais quoi?

Comme si elle prenait une décision soudaine, elle se tourna carrément vers lui et le fixa.

– C'est votre métier d'obtenir des aveux, dit-elle. C'est pourquoi on vous fait venir à Monument. Et c'est ce qui m'inquiète.

– Vous ne pensez pas que je recherche moi aussi la vérité ? Et que la vérité surgit de l'interrogatoire ?

– Pas toujours, dit-elle. Prenez Blake, et Abbott. Il n'y avait rien qui les incriminait vraiment eux non plus. À part leurs aveux.

– Et la cour a retenu ces aveux, contra-t-il. Il est bien difficile de réfuter ce qu'il y a sur un enregistrement, les mots ont été prononcés.

Et à présent, Trent comprit ce qui le perturbait chez Sarah Downes, au-delà de ses doutes sur les interrogatoires qu'il menait : elle lui rappelait d'une certaine manière Lottie. Pas superficiellement, non. Sarah Downes était froide, élégante et pondérée. Lottie avait été désordonnée, souvent débraillée, surtout après avoir partagé quelques margaritas avec ses amies. Elle se montrait aussi chaleureuse à l'excès et témoignait de l'affection à l'univers entier, des chats perdus aux vieillards avachis sur les bancs des jardins publics.

Mais le scepticisme de Sarah Downes, le doute qui transparaissait dans sa voix, son attitude même lui semblaient faire écho à Lottie et à la dernière conversation qu'il avait eue avec elle la nuit d'avant sa mort.

– Je ne te reconnais plus, avait-elle dit. En fin de compte, qui es-tu ?

Et parce qu'elle avait à l'évidence un peu trop bu, il lui avait répondu d'un ton léger :

– Je suis ce que tu vois, Lottie.

– Je ne suis pas sûre de ce que je vois, elle avait rétorqué, brusquement dégrisée, les yeux brillants, la voix claire.

Désarçonné par ce changement d'attitude foudroyant, Trent avait pensé aux jours et aux nuits hors de chez lui, au temps passé au bureau ou sur les routes pour les interrogatoires, à la poursuite sans fin des bonnes réponses. Il avait mesuré combien il l'avait négligée, en présumant que son volontariat à l'asile, ses libations de l'après-midi avec ses amies, les livres dans lesquels elle se plongeait, suffisaient à son bonheur.

– Attends, elle avait ajouté. En fait, je sais qui tu es.

Sa voix était montée d'un ton, comme pour souligner une découverte stupéfiante.

– Tu es un enquêteur. Un interrogateur. Un inquisiteur. Voilà ce que tu es. Et tu es ce que tu fais.

Tu es ce que tu fais.

Comme une accusation.

Cela avait été leur dernière conversation. Elle était endormie quand il s'était couché après voir étudié ses notes sur l'affaire Lane et elle dormait encore profondément quand il était parti de bonne heure le lendemain matin pour le commissariat. À la tombée du jour, il s'était tenu au pied de son lit d'hôpital à la veiller sans espoir. Elle avait été victime d'un accident absurde, un petit accrochage avec une autre voiture que l'airbag et la ceinture de sécurité avaient rendu mortel, prise au piège qu'elle avait été par des mesures de protection devenues les agents de sa mort. Lottie était morte durant la nuit sans avoir repris connaissance. Ainsi commença la période de deuil qui dura de ce jour-là jusqu'à celui-ci, dix-huit mois plus tard, où il pleurait toujours les années futures qu'ils auraient pu partager et les années passées qu'ils avaient gâchées.

Tu es ce que tu fais. Son inculpation finale.

Il chassa ces pensées en se rencognant avec volupté dans la limousine, tandis que le paysage défilait, surréaliste et muet, derrière les vitres teintées. Avec Sarah Downes assise à côté de lui, les jambes croisées à présent, balançant d'avant en arrière, d'arrière en avant, son pied chaussé d'un soulier rationnel à talon plat.

Le langage du corps. Dans lequel Trent était passé maître pour mener ses interrogatoires. Les petits indices fournis par les gestes, la gestuelle des mains et des pieds, le corps se penchant en avant ou se rejetant en arrière, le port du menton, le clignement des paupières : tous les signes révélateurs. Quels indices lui fournissait à présent Sarah Downes ? Ce pied qui se balance, ces bras croisés protégeant sa poitrine, ce léger battement d'une veine sur la tempe…

– Parlez-moi de la victime, demanda-t-il. L'enfant.

– Alicia Bartlett. Sept ans, dit-elle en soupirant. Précoce. Mais une gentille petite fille. Polie et bien élevée. Bien notée à l'école. Extrêmement féminine. Elle adorait sa poupée Barbie. Passe-temps préféré : les puzzles, même en ce temps de jeux électroniques. Jason Dorrant faisait un puzzle avec elle lors de sa dernière visite.

Trent évoqua l'image du Jason Dorrant de douze ans, la tête penchée près de celle d'une Alicia Bartlett de sept ans pendant qu'ils s'efforçaient ensemble de reconstituer un puzzle. Ces deux-là, c'était aussi un puzzle à reconstituer.

Sarah Downes avait cessé de balancer son pied.

Trent attendait. Elle reprit finalement :

– Je me demande…

Elle hésita, se raidit et se tut.

– Vous vous demandez quoi, mademoiselle Downes ?

Son ton était léger, mais pas badin. Comme si elle s'apprêtait à laisser échapper quelque propos révélateur.

– Eh bien, d'abord, appelez-moi Sarah, puisque nous allons travailler ensemble.

Trent se hérissa. Il n'avait admis personne dans son intimité, il avait évité toute familiarité depuis la mort de Lottie. On ne se saluait pas par son prénom, on ne donnait même pas son prénom. Il entendait opérer seul, voyager léger. Il souhaitait cependant convaincre d'une manière ou d'une autre cette jeune femme qu'il n'était pas qu'un expert en interrogatoires, pas une espèce de monstre froid qui ne se souciait guère du côté humain de ses sujets et de leurs victimes.

– Très bien, Sarah, fit-il, en lui concédant son prénom mais sans lui révéler le sien. Vous vous demandez quoi ?

– Comment vous pouvez supporter tout ça. Ces confessions. Je me suis souvent demandé comment faisaient les prêtres, assis dans l'ombre à écouter tous ces péchés, toutes ces choses infectes que les gens font à d'autres gens.

Les choses infectes.
Je dois rester tapi au pied de chaque échelle,
dans l'infecte brocante du cœur.

Ce vieux poème devenu au cours des années une sorte de credo…

Il récita à haute voix, mais comme pour lui-même :

– … tapi au pied de chaque échelle, dans l'infecte brocante du cœur.

– Yeats, dit-elle.

Heureux qu'elle eût reconnu le poème, il reprit :

– J'admets que je passe des nuits sans dormir. Ou encore je me réveille de cauchemars que je ne peux pas me rappeler, sauf qu'il s'y passait des choses horribles. Toutes issues, je suppose, de ce que j'avais entendu pendant mes interrogatoires. Mais on apprend à vivre ainsi retranché dans sa solitude. Le cœur du problème n'est pas là.

Pourquoi admettait-il devant cette jeune femme ce qu'il n'avait jamais confié à personne, même à Lottie ?

– Ce qu'il y a de terrible, c'est que le prêtre peut donner l'absolution, lui, absoudre les pécheurs. Les renvoyer à leur vie lavés de tout péché. Propres. Régénérés. Moi, je ne peux qu'écouter, transformer une confession en inculpation. Et continuer mon chemin…

– Vers un autre dossier, une autre inculpation ?

Il acquiesça d'un hochement de tête.

– Et ça vous suffit ?

Tu es ce que tu fais.

Devrais-je être plus que ça ?

La limousine fit une embardée et Sarah Downes et lui furent presque projetés l'un sur l'autre. Leurs épaules se frôlèrent, le léger parfum de son eau de Cologne lui chatouilla les narines, comme une douce brise dans une clairière feuillue, et l'écho d'une vieille chanson lui effleura l'esprit.

– Pardon.

Le mot sortait du micro qui permettait au chauffeur de communiquer avec eux.

– Il y avait un chien sur la route.

Sarah Downes s'écarta, avec un pâle sourire.

– Je crois que je vous ai envié longtemps, dit-elle. Je voulais devenir aussi habile que vous, aussi efficace.

Sa voix lui parut lointaine.

– Mais vous n'en êtes plus aussi certaine maintenant ? suggéra-t-il.

Elle tourna les yeux vers lui sans rien dire.

Que voyait-il dans ces graves yeux gris ? De la pitié, peut-être ? De la répulsion ? Et qu'est-ce qui était le pire ?

Une tristesse inexplicable fondit sur lui, avec l'épuisement habituel qu'il portait comme un vieil habit, pendant que la limousine poursuivait sa route vers Monument.

L'inspecteur Braxton accueillit Trent à la porte de derrière du commissariat. Quand l'inspecteur se présenta, Trent perçut la tension nerveuse du personnage. Grand, maigre, tout en angles aigus, les pommettes comme le menton, les omoplates saillantes sous la chemise blanche tachée de sueur.

– Content que vous soyez là, dit Braxton d'une voix pressée.

Sa poignée de main était tout aussi pressée. Et brève.

– Pas de temps à perdre. Sarah Downes vous a brossé le tableau.

Ce n'était pas une question mais une déclaration qui n'appelait pas de réponse.

Sarah s'était éclipsée en silence, après un sec signe de tête aux deux hommes.

– Allons-y, ordonna Braxton, en faisant un brusque demi-tour dans le vestibule.

Trent détestait être bousculé et se laissa volontairement distancer. Braxton s'arrêta et le regarda par-dessus son épaule.

– Le sénateur aimerait vous dire un mot, fit-il.

Le sénateur Gibbons entra au même moment dans le vestibule. Il avait l'air de s'être tout juste échappé d'une bande dessinée. L'archétype du politicien. Tout en lui était théâtral, presque caricatural. Une épaisse tignasse blanche, un nez bulbeux, un large sourire et un dentier éblouissant. Mais il arborait un air d'autorité qui faisait passer les outrances du personnage.

Trent s'attendait à un salut jovial et retentissant, mais Gibbons lui serra la main avec une douceur qui le surprit.

– Vous êtes là, Dieu merci, dit-il d'une voix haletante. Le suspect vous attend et nous savons que vous ferez de votre mieux, Trent. La ville a besoin d'une arrestation, les familles sont bouleversées.

Il hésita, fronça les sourcils, puis ajouta :

– Y compris la mienne.

C'était une référence évidente à l'amitié de son petit-fils et de la victime.

– Bref, nous comptons sur vous, Trent et je vous devrai beaucoup si vous réglez cette affaire. Rédigez vous-même l'addition.

Il marqua une pause, pour ménager son effet, se dit Trent :

– Je tiens toujours mes promesses.

Trent ne se faisait aucune illusion sur les promesses de campagne électorale. Cependant il ne s'agissait pas là d'une campagne mais d'une enquête dans laquelle le sénateur était personnellement impliqué.

Braxton, qui s'agitait impatiemment à côté du sénateur, intervint.

– Je vais vous montrer votre bureau.

Le pouls de Trent s'accéléra, son vieil enthousiasme pour la chasse à l'aveu soudain réveillé et comme régénéré, et son souffle se fit plus rapide à l'idée de la partie d'escrime qui l'attendait.

Le bureau dans lequel le conduisit Braxton était parfait. Petit, encombré, claustrophobique. Pas de fenêtre, ce qui éliminait la nécessité de baisser les stores. Pas de lampe sur le bureau, mais une lumière crue tombant directement d'une ampoule suspendue au plafond. Pas non plus d'air conditionné. En fait, Trent sentit une légère bouffée de chaleur en entrant dans la pièce. Deux bureaux et un classeur y occupaient presque toute la place, ce qui voulait dire que le suspect et lui seraient tout proches et que leurs genoux se toucheraient presque quand ils seraient assis en face l'un de l'autre sur les deux chaises disposées à cet effet. Tout cela était conçu pour mener l'interrogatoire dans un espace si réduit qu'il ne permettrait pas au suspect de se sentir à l'aise.

– O.K. ? questionna Braxton, les sourcils froncés.

Ne se détendait-il jamais ? se demanda Trent.

– O.K., répondit-il en écho. Exactement ce qu'il me faut.

– On a ajouté le second bureau pour que la pièce paraisse bondée.

– Parfait.

– Vous constaterez que l'une des chaises est plus haute que l'autre, comme vous le souhaitiez. Vous voulez de l'eau ? Un casse-croûte ?

– Sûrement pas. De l'austérité. Pas de rafraîchissements.

– Très bien, dit Braxton, avec un petit soupir de soulagement.

– J'ai combien de temps ?

– La mère était un peu réticente, mais pas vraiment soupçonneuse, dit Braxton en s'appuyant contre le chambranle, apparemment détendu pour la première fois. Son mari est absent jusqu'à demain. Ça vous laisse au moins trois heures. Après ça, elle peut se montrer curieuse et téléphoner ou venir ici.

– Les autres gamins ?

– Pas facile de simuler un long interrogatoire. Il faudra sans doute les relâcher au bout d'une heure. Dans ces eaux-là. Plus vite vous irez, mieux ça vaudra.

– Ça dépend de tas de choses, dit Trent.

Il soupira en parcourant une fois de plus la pièce du regard. Carl Seaton, Califer, et maintenant ce garçon en l'espace d'une semaine. Mais un garçon de douze ans serait plus facile à manipuler. Il pensa au sénateur Gibbons et à sa promesse – *Rédigez vous-même l'addition* – et cela lui fournit le soudain afflux d'énergie dont il avait besoin.

– Faites entrer le suspect, ordonna-t-il.

Le garçon. S'arrêtant sur le seuil avant de pénétrer dans le bureau. À classer dans la catégorie des minces. Cheveux noirs bien peignés, chemise écossaise bleue au col ouvert, pantalon de twill au pli impeccable.

Trent imagina la mère du gamin inspectant sa tenue avant son départ pour le commissariat central, vérifiant peut-être la propreté de ses ongles. En profitant de leur poignée de main pour jeter lui-même un coup d'œil sur ces ongles, Trent constata qu'ils n'avaient pas été rongés. Un indice. Tout est indice.

Il l'introduisit dans la pièce. Le pas du garçon était hésitant, ses yeux bleus clignotaient sous la lumière crue. Il semblait intimidé, ce qui était prévisible. Il y avait une lueur de curiosité dans son regard, mais aucune trace de méfiance. Trent était passé maître dans l'art de détecter la méfiance.

Il para son visage austère d'un sourire et lui souhaita la bienvenue en levant les bras, comme pour le féliciter d'une victoire que l'autre n'avait pourtant pas encore remportée.

– Tu es Jason, fit-il en omettant volontairement le nom de famille du gamin pour instaurer d'entrée de jeu un climat de familiarité, à l'intérieur duquel il précisa aussitôt la relation hiérarchique en ne se présentant lui-même que sous son seul nom de famille. Moi, je suis Trent.

Il le fit asseoir, en manœuvrant adroitement pour que le garçon se retrouve sur la chaise la plus basse. Il s'assit en face de lui en se voûtant un peu afin que sa position de supériorité ne soit pas encore trop évidente et, même plus tard, ne soit ressentie qu'insidieusement.

– Je te remercie de ton concours, Jason. Et je m'efforcerai de rendre notre entretien aussi bref et indolore que possible. Il serait merveilleux qu'il en sorte une information nous permettant d'identifier l'auteur de ce terrible crime.

Sa voix était douce, son ton n'avait rien d'officiel. Le garçon hocha la tête.

– J'espère que je pourrai vous aider. Je ferai de mon mieux.

Ses premiers mots. D'une voix bien modulée. Il avalait sa salive avant chaque phrase. Il agitait légèrement les mains, mais pas du tout en un geste de défense.

– J'en suis persuadé, Jason.

Le garçon jeta un coup d'œil à la ronde, pour la première fois depuis son entrée.

– Je suis navré que ce bureau soit si exigu, fit promptement Trent. Toutes les pièces étaient occupées et nous n'avons eu droit qu'à celle-ci.

Il avait employé le pronom *nous* pour donner

d'emblée au garçon le sentiment qu'ils se trouvaient tous les deux dans le même bateau comme deux partenaires, deux associés.

Jason hocha une seconde fois la tête. Il parut se détendre un peu, et se recula sur la chaise.

Trent posa la main sur la touche enregistrement du magnétophone.

– Dans un souci d'exactitude, nous allons enregistrer notre conversation. Ça te va, Jason ?

Le garçon acquiesça d'un signe de tête.

Trent regarda son visage confiant et cet air d'innocence dans ses yeux grands ouverts. Était-il vraiment innocent, ou ne s'agissait-il que d'un masque ? Trent avait l'expérience des masques derrière lesquels les gens se cachaient, et son travail, c'était de les faire tomber, sinon complètement, du moins suffisamment pour avoir un aperçu du mal qu'ils dissimulaient. Le mal était-il présent en ce garçon ? Était-il capable d'une mauvaise action ? Nous en sommes tous capables, se dit Trent en se rappelant Carl Seaton et l'innocence de son regard, qui ressemblait à celui de Jason Dorrant. À présent il fallait entamer la partie.

– Détends-toi, Jason. Dis-toi qu'il s'agit d'une conversation amicale. Ni plus, ni moins.

Trent était conscient d'avoir pris sa voix avunculaire. Il enchaîna :

– Nous allons parler des événements de lundi. De ce que tu as vu et que tu te rappelles avoir vu.

Il avait pris soin d'éviter le mot meurtre. Il veillerait à n'utiliser durant l'interrogatoire que des termes lénifiants.

– La mémoire est un étrange mécanisme, Jason.

L'usage permanent du prénom du garçon était capital, créait un lien personnel, éliminerait tout ce qui était impersonnel.

– Elle nous joue des tours. Elle contient ce que nous nous rappelons et croyons nous rappeler, et aussi, à l'inverse, ce que nous avons oublié, ou croyons avoir oublié. Nous explorerons tout ça ensemble. Dis-toi que c'est une espèce d'aventure commune.

Encore une fois partenaires.

– J'espère que je pourrai vous aider, dit le garçon.

– Ne t'en fais pas pour ça, Jason. Contente-toi de te détendre. Nous sommes seuls ici, rien que nous deux. Au fait, ça ne t'ennuie pas d'être seul, à l'écart de tous tes autres amis ?

Et maintenant, placer le premier coup qui comptait vraiment :

– Je veux dire : on peut faire venir d'autres gens, si tu le souhaites. Un avocat, un conseiller. Ou même ta mère.

Le but était d'isoler dès le début le garçon avec son consentement, d'éviter la présence d'un avocat, d'un parent, d'un quelconque tuteur, et assez adroitement pour ne pas éveiller sa méfiance. Les mots étaient bien entendu importants, puisqu'ils figureraient sur le rapport officiel. L'enregistrement audio et sa transcription ne rendraient évidemment pas compte de l'attitude désinvolte de Trent, du léger haussement d'épaules qui accompagnait la suggestion ridicule de s'encombrer d'autres gens. Mentionner parmi eux sa mère était un calcul délibéré, qui titillerait l'orgueil d'un préadolescent – quelle humiliation d'avoir besoin du soutien de sa mère, n'est-ce pas! – afin de lui arracher la réponse qu'il escomptait, et qu'il obtint enfin.

– Non, c'est très bien comme ça.

Lui faire réitérer clairement son consentement.

– O.K. Donc, on va bavarder sans conseiller d'aucune sorte.

– Ouais.

– Parfait, Jason. Alors, allons-y. Avant tout, parle-moi un peu de toi.

– Eh bien, j'ai douze ans. En novembre, j'en aurai treize. À la rentrée de septembre, j'ai été admis en cinquième.

Et il se tut. Qu'aurait-il pu dire de plus?

– Tes passe-temps favoris? Tes hobbies?

Jason haussa les épaules.

– Ce genre de trucs, ça ne m'intéresse pas trop. Je bouquine un peu. Je suis branché sur Internet. J'ai une adresse e-mail. Je corresponds avec un copain australien. Il vit à Melbourne.

– Tu as un site pour chater sur Internet?

– En fait, il y un site comme ça pour les ados. Mais je me contente d'écouter. D'observer. Je veux dire que je ne parle jamais.

– Tu es timide, pas vrai?

Il baissa la tête:

– Je crois.

– Tu passes beaucoup de temps tout seul?

– Pas mal, oui. Mais j'ai une petite sœur. Elle s'appelle Emma. C'est une chouette gosse. Très futée.

– Et tu as des amis?

– Pas beaucoup. Je crois que j'ai du mal à me faire des amis.

Jason avait hâte d'en arriver aux questions sur la journée de lundi, même s'il pensait qu'il n'avait pas grand-chose à raconter et qu'il décevrait probablement ce monsieur Trent. Et puis ces questions personnelles le mettaient mal à l'aise. Qu'avaient-elles à faire avec ce qu'il avait vu ou n'avait pas vu cet après-midi-là ? Peut-être monsieur Trent essayait-il de découvrir s'il était un témoin fiable. Mais ses questions lui faisaient prendre conscience du vide de sa vie. Dans les autres pièces, les types avaient sûrement des tas de choses à raconter. Jack O'Shea et Jim Connors pourraient se vanter des matchs de basket qu'ils avaient remportés, par exemple. Mais lui, qu'est-ce qu'il avait d'intéressant à proposer ? Un correspondant australien sur Internet ? Quelques bouquins qu'il feuilletait de temps en temps ?

– Quel genre de livres aimes-tu ? demanda monsieur Trent comme s'il avait lu dans ses pensées.

– Un peu tous. Mais surtout les polars. Les histoires d'horreur. Stephen King. La science-fiction.

– Toute cette violence dans ces bouquins, ça ne te gêne pas ? Ces gens qui s'entre-tuent ?

– Ça n'est que des histoires. Ça n'est pas réel.

– Et les films et la télé ? Là aussi, tu aimes ce qui est violent ? Terrifiant ?

Jason était perplexe. Il aimait bien les histoires d'horreur, mais il n'en était pas dingue et d'une certaine façon ces questions le faisaient passer pour un fanatique de trucs terrifiants.

– J'aime aussi d'autres genres de bouquins et de films. Ceux d'aventure, je veux dire. Comme *Indiana Jones* et *La Guerre des étoiles*.

– Ils sont violents aussi, non?

– Je ne sais pas.

Ils étaient pour lui comme des dessins animés, sans aucun lien avec la vraie vie. Il répéta:

– Ils ne sont pas réels.

– Tu as l'air fasciné par ce qui n'est pas réel, commenta Trent.

Est-ce vrai? se demanda Jason. Il n'y avait jamais vraiment réfléchi.

– Ne t'arrive-t-il pas de confondre parfois ce qui est réel et ce qui ne l'est pas?

Jason cligna des yeux, tapota ses genoux du bout des doigts, en essayant de ne pas montrer son impatience et son malaise croissant.

– Je ne vois pas ce que vous voulez dire.

Il se sentait incapable d'intégrer ces données dans sa tête, comme en classe, quand le prof expliquait quelque chose qu'il ne comprenait pas. C'est ce qui lui arrivait maintenant avec ce truc de réel pas réel.

– Je veux dire: es-tu toujours conscient de ce qui est réel – de ce qui t'arrive à un moment donné – ou te semble-t-il que ça peut ne pas être vrai mais imaginaire? Comme un rêve. Confonds-tu parfois ce qui se passe pour de bon avec un rêve?

– Non.

Il était formel. Pourquoi donc Trent lui demandait-il ça?

Trent eut envie de laisser tomber. L'attitude du garçon, son agitation, ses mains levées vers son visage, sa façon de se gratter le bras, tout manifestait son innocence et sa perplexité. Mais son intérêt pour les livres et les films violents étaient à présent enregistré sur la disquette, pour quelque usage qu'on en puisse faire plus tard.

Comme il ne souhaitait pas le mettre plus mal à l'aise encore, il changea de tactique.

– Maintenant, venons-en à ce qui s'est passé ce lundi, où tu as travaillé sur un puzzle avec Alicia, fit-il, en se gardant bien de mentionner qu'il s'agissait du jour où elle avait été assassinée.

Jason hocha la tête avec empressement.

– Parle-moi de ce jour-là, Jason. Ce que tu as fait, en gros, et puis nous pourrons en venir aux détails et je t'aiderai à te rappeler ce que tu ne crois pas te rappeler. Considère ça comme une sorte de jeu. D'accord ?

– Tout à fait.

Il y eut une note de soulagement dans sa voix. Et il raconta comment il avait passé la journée, du moment où il s'était réveillé, avait pris son petit déjeuner et accompagné sa mère au centre de remise en forme puis déjeuné avec elle de cheeseburgers, jusqu'à l'après-midi où il était allé chez Alicia, l'avait regardée faire son puzzle, puis était rentré chez lui. Exactement ce qu'il avait raconté à l'inspecteur.

Trent l'écoutait, les yeux et les oreilles attentifs aux inflexions de voix du garçon, sa posture, son attitude, en notant comment ses mouvements épousaient ou non son récit. C'est pourquoi il achevait ses interrogatoires dans un tel état d'épuisement du corps et de l'esprit, tous les sens à l'écoute du sujet, absorbant les moindres détails, accumulant les nuances, les impressions.

Et maintenant la phase suivante de l'exercice.

– Comment te sentais-tu, lundi ?

Le garçon parut surpris, perplexe même.

– Comment je me sentais ?

– Oui. Étais-tu content, ou triste, ou préoccupé par quelque chose ?

Jason se sentit à nouveau inquiet et mal à l'aise, comme si quelque chose ne tournait pas rond.

– Quelle drôle de question, dit-il. Sur comment je me sentais, je veux dire. Est-ce que ça aurait pu affecter ce que j'ai vu et fait ce jour-là ?

Une lumière rouge s'alluma dans l'esprit de Trent. Le garçon n'était docile et naïf qu'en apparence. Il faudrait manœuvrer plus prudemment.

– Eh bien, quand on est préoccupé, par exemple, cela peut vous rendre distrait. Ainsi tu aurais pu être moins attentif à ce que tu observais.

– Je comprends, dit le garçon. Mais non. Je n'étais pas préoccupé. En fait, j'étais plutôt content. Plus de classes, plus de devoirs. Oui, je pense que j'étais content. Ça aurait pu me rendre distrait ?

– Peut-être, on verra.

Le garçon semblait redevenir méfiant.

– Bon. Reprenons tout, une fois de plus. En premier lieu, tu as dit que tu n'avais vu personne cet après-midi-là. Nous avons circonscrit le temps où tu aurais pu observer quelque chose au seul après-midi, après le déjeuner. Deux périodes distinctes, en fait: avant le temps que tu as passé chez Alicia, et puis après. Le temps pendant lequel tu te rendais chez elle, et puis celui pendant lequel tu rentrais chez toi. Pendant la première de ces deux périodes, qui as-tu vu, qui a pu te rencontrer?

Jason était de plus en plus conscient de la chaleur qui régnait dans le bureau, une vague de chaleur qui semblait gagner en intensité à mesure que progressait l'interrogatoire. Il était aussi conscient de sa proximité avec monsieur Trent, dont les genoux touchaient presque les siens. Et puis, est-ce que monsieur Trent était brusquement devenu plus grand? Il semblait nettement plus grand maintenant que quand Jason était entré dans le bureau, sa silhouette paraissait presque l'écraser. En outre, Jason était submergé par un sentiment d'échec. Il n'avait vu personne de suspect.

– Comme je vous l'ai déjà dit, je n'ai vu personne de suspect.

– Mais, Jason, nous ne savons pas encore de quoi pourrait avoir l'air quelqu'un de suspect. Je ne te parle pas d'un inconnu à l'affût au débouché d'une allée. Nous avons établi que tu n'as rien vu de semblable. Ce que je cherche, c'est quelque chose qui peut paraître louche. Prenons par exemple un pharmacien. Quelqu'un que tu connais, à qui tu as eu affaire dans sa pharmacie. Mais supposons que tu l'aies vu hors du contexte de sa pharmacie.

Il vit l'expression intriguée du garçon et expliqua.

– Disons que tu l'as vu hors de sa boutique à un instant où il aurait dû y être. Disons que tu l'as vu se précipiter tout d'un coup à travers le parc. C'est ainsi qu'un homme qui n'était pas en lui-même suspect pourrait soudain devenir sujet à caution à cause de l'endroit où il se trouvait à ce moment précis ; et à cause de ce qu'il y faisait. C'est ça que nous cherchons. Donc, j'aimerais que tu me dises qui tu as vu cet après-midi-là en allant chez Alicia.

Jason se sentit plus sûr de lui. Il dirait exactement à monsieur Trent qui il avait vu et le laisserait décider si ça avait quelque chose de suspect.

– Eh bien, j'ai vu un facteur. Je ne connais pas son nom, mais je l'ai croisé des tas de fois. Il ne distribue pas le courrier dans notre rue, mais dans les magasins et bureaux de la Grand-Rue. Il faisait sa tournée comme d'habitude.

– Où l'as-tu vu ?

– Il entrait dans un bâtiment entre l'agence immobilière et le bureau d'à côté avec toutes les imprimantes et les photocopieuses. Il portait un tas de prospectus et de lettres.

– Il n'était donc pas hors de son contexte habituel ? questionna Trent pour s'assurer que le garçon avait compris le sens de *contexte*.

– Pas du tout. Il se trouvait où on s'attendait à le trouver, et il faisait ce qu'on attendait qu'il fasse.

– Parfait, dit Trent.

Et Jason sourit, tout content. Il avait pour une fois fourni la bonne réponse, même s'il savait qu'elle ne menait à rien et n'aidait certainement pas l'enquête.

– Qui d'autre, à part le facteur ? demanda Trent, en dissimulant son impatience.

– Eh bien, des écoliers.

– Seuls ou ensemble ? Je veux dire, les as-tu vu en groupe ou séparément ?

– Eh bien, il y en avait deux qui poussaient leurs vélos. L'un des vélos avait un pneu à plat. C'étaient des gosses de mon école, mais je ne connais par leurs noms.

– Plus jeunes que toi ? Ou du même âge ?

– Plus jeunes. En CM1 ou CM2, je pense.

Et, brusquement, Jason retint son souffle : une idée, époustouflante d'audace, venait de lui traverser l'esprit. Au même instant monsieur Trent plissa les yeux, comme si, on ne sait comment, il avait *vu* cette idée prendre forme dans l'esprit de Jason. Ce que Jason avait pensé, ce qui lui avait coupé le souffle, c'était ça : il pouvait inventer quelqu'un ; quelqu'un de suspect. Après tout, il pouvait prétendre avoir repéré un étranger. Peut-être un gosse étranger qu'il n'avait encore jamais vu. Quelqu'un qui contenterait ce monsieur Trent. Qui lui montrerait combien il avait été attentif.

Cependant, Jason savait en même temps qu'il n'avait jamais été un bon menteur. Il rougissait facilement, une veine palpitait dangereusement sur sa tempe quand il essayait de tromper quelqu'un. Par exemple, quand il prétendait avoir fait ses devoirs, ou affirmait à sa mère et à son père qu'il n'avait pas eu de devoirs du tout. À l'école, quand le prof balayait la classe du regard, en quête d'une activité louche, il se mettait à rougir, tout effrayé de paraître coupable alors qu'il ne l'était pas. Comment donc pourrait-il mentir à cet homme dont le regard était si pénétrant, qui fixait Jason comme s'il pouvait lire dans son cerveau – ce qu'il faisait maintenant ? Jason se détourna, et baissa les yeux en admettant qu'il ne pouvait tout simplement pas mentir, qu'il ne pouvait pas affirmer avoir vu ce qu'il n'avait pas vu.

De son côté, Trent eut l'impression d'entendre un déclic, de capter un éclair de – de quoi ? – dans les yeux du garçon. En moins de temps qu'il n'en faut pour cligner des paupières, le garçon avait laissé entrevoir quelque chose de caché et de furtif, qu'il avait extrait de son esprit pour un rapide examen, puis écarté. Peut-être quelque chose qu'il se rappelait ? Puis qu'il chassait de ses pensées ? Ou quoi d'autre ? Une quelconque révélation ? Ou une tromperie brusquement élaborée ? Trent remarqua que, pendant ce bref éclair, l'attitude du garçon se modifiait, son corps adoptait tout à coup une posture défensive, raide, tendue. Quelque chose s'était passé en lui, comme une faille s'élargissant sous une surface lisse. Une sonnette d'alarme retentit dans la tête de Trent.

– Qu'est-ce qu'il y a ? demanda-t-il.

Le garçon sursauta, une expression craintive se peignit sur son visage, ses yeux lui dardèrent un regard craintif.

– Quoi ?

– Ce ne serait pas malin de me raconter des craques, Jason. Nous devons nous fier l'un à l'autre. Je dois te croire, et tu dois me croire. Je dois croire que tu me dis la vérité, parce que ne pas la dire est une source d'ennuis. La vérité émergera tôt ou tard, la vérité surgira du cours de l'interrogatoire.

À présent, le garçon avait l'air coupable, et Trent fut certain qu'il avait à un moment donné projeté de mentir et puis qu'il y avait renoncé. Une pensée fortuite, probablement, qui n'avait rien à voir avec l'interrogatoire, ou une possibilité qui l'avait séduit un instant. Il y avait souvent, au cours d'un tête-à-tête de ce genre, un moment où le sujet était près de lâcher pied et se dérobait. Ou, parfois, envisageait une nouvelle approche. Ou même décidait de mentir. Les mouvements de son corps en avaient souvent averti Trent. Mais l'éclair avait traversé si vite l'esprit du garçon qu'il n'avait provoqué qu'un très léger mouvement. À présent, il s'affalait un peu sur sa chaise, manifestant ainsi qu'il était passé par une crise et en était sorti.

– Tu n'as vu personne d'autre? demanda-t-il, en laissant la tension s'apaiser mais en restant plus que jamais sur ses gardes.

Il l'avait été depuis le début, bien entendu, mais il avait maintenant un point particulier sur lequel se polariser: la possibilité d'un mensonge.

Le garçon, les yeux hébétés, le corps recroquevillé, semblait sur le point de s'évanouir.

– On va faire une pause, dit Trent.

Bien que ce fût risqué, Trent suspendait parfois ainsi l'interrogatoire. Cela dépendait de la situation. Son instinct l'avertissait que c'était le bon moment de laisser le garçon en suspens, de lui accorder une ou deux minutes de réflexion. Il y avait d'autres fois où il était primordial de construire inexorablement un climat de révélation, de confession. Mais cela viendrait plus tard.

Surpris par cette proposition, le garçon fronça les sourcils.

– Je crois qu'une pause nous fera du bien, expliqua Trent. Je vais m'absenter quelques secondes. Veux-tu boire quelque chose ? Je peux te rapporter un soda.

Il ne lui rapporterait bien entendu pas de soda. Il prétendrait avoir oublié. Mais en faisant miroiter la perspective d'un rafraîchissement, il ferait prendre conscience de sa soif au garçon.

– Merci, dit Jason, ravi de cette pause mais toujours mal à l'aise.

L'interrogatoire ne s'était pas déroulé comme il s'y attendait, et il ne savait pas trop comment la situation se présentait. S'en était-il bien tiré ? Il avait l'impression de se retrouver en classe, sans savoir s'il avait réussi ou échoué à un examen, ou encore s'il avait choisi la bonne réponse parmi toutes celles qui lui étaient proposées dans un quiz.

En entrant dans le vestibule, Trent buta presque contre Sarah Downes. Elle se tenait juste derrière la porte. Braxton et le sénateur n'étaient pas en vue.

Il fut heureux de la voir. C'était comme une touche de clarté soudaine et imprévue dans la grisaille du commissariat central.

– On monte la garde? demanda-t-il, avec une pointe de taquinerie dans la voix.

– Ça m'intéresse, dit-elle. Et je fais toujours les cent pas pour passer le temps.

Elle ajouta en soupirant:

– Comment ça se passe?

Il haussa les épaules.

– Nous n'en sommes qu'au stade préliminaire. Il a l'air d'un gentil garçon. Bien élevé. Apparemment sincère.

Pour lui être agréable, il ne souligna pas le mot *apparemment.*

Elle lui accorda un mince sourire.

– Ça fait plaisir à entendre.

– Y a-t-il du nouveau?

– Je crois qu'ils ont cessé de chercher quoi que ce soit, bien que Braxton continue à flairer un peu partout. Il ne dort jamais. Littéralement.

Trent n'insista pas sur l'insomnie chronique de Braxton.

– À part ça, reprit-elle, il ne se passe rien. Ils s'imaginent que vous tenez le bon suspect. L'auteur du crime. À moins...

– À moins que je le trouve innocent.

– Croyez-vous que vous le ferez ?

Y avait-il une note de défi dans sa voix ? Pourquoi cette jeune femme le troublait-elle ? Pourquoi était-il si important de se justifier à ses yeux ?

– S'il est innocent, je le découvrirai, répliqua-t-il, prenant soudain conscience de son parfum d'eau de Cologne, féminin et subtil.

– Je l'espère, dit-elle, en tendant la main et en lui effleurant inopinément le bras Je suis désolée de m'être montrée si négative et si virulente en voiture. Je mesure combien votre travail peut être dur. Je vous présente mes excuses.

– Vous n'avez pas à vous excuser, dit Trent.

Il se sentait soudain ragaillardi, comme si on avait ouvert une fenêtre, et laissé une brise fraîche envahir le vestibule.

– Il faut que j'y retourne, fit-il bien qu'il n'eût guère envie d'interrompre leur conversation. Je voulais que le garçon soit seul quelques minutes. Le tour de la première phase de l'interrogatoire l'a un peu déstabilisé. Je crois qu'après cet entracte la scène est prête pour la phase suivante.

Il se demanda pourquoi il le lui confiait, pourquoi il lui paraissait si important qu'elle sache ce qu'il faisait.

– Bonne chance à vous deux, fit-elle.

Trent se réjouit qu'il n'y ait pas dans sa voix le sarcasme auquel il s'attendait.

Jason avait soif. Sa gorge était parcheminée et sa bouche si sèche que sa langue lui semblait tout enflée. C'est drôle : il ne s'était pas rendu compte qu'il avait soif avant que monsieur Trent lui propose de lui rapporter quelque chose à boire. Il remarqua pour la première fois que la pièce n'avait pas de fenêtre.

Monsieur Trent l'intriguait. Il paraissait amical, comme s'il voulait pour de bon découvrir qui avait tué Alicia, comme s'il voulait aider Jason à se rappeler ce qui s'était vraiment passé ce jour-là, mais il y avait en même temps quelque chose dans ses questions. Quoi ? Quelque chose d'étrange, se dit Jason, à défaut d'un meilleur qualificatif. Il n'arrivait pas à comprendre monsieur Trent ou ce qu'il souhaitait que lui dise Jason. Et parfois il se montrait carrément inamical, comme si Jason avait fait quelque chose de mal, failli à une règle qu'il ne connaissait même pas. Et ces yeux qu'il avait ! Comme deux billes noires, mais vivantes, qui ne clignaient pas souvent, qui semblaient plonger tout droit dans votre cerveau...

Et puis, pour couronner tout ça, il sentait bien que ses réponses décevaient monsieur Trent. Peut-être en cet instant précis était-il en train de confier à l'inspecteur que l'interrogatoire ne donnait pas grand-chose.

Cette pensée fut pour lui comme une lueur d'espoir. Ils décideraient peut-être de laisser tomber cet interrogatoire et il serait libre de rentrer chez lui.

Jason se demanda si les autres types s'en étaient bien tirés, s'ils avaient répondu comme il fallait à toutes les questions ou s'étaient même rappelé quelque chose d'essentiel, un indice donnant la clé du meurtre et permettant d'attraper celui qui avait tué la pauvre petite Alicia.

Il se demanda aussi s'il devait raconter à monsieur Trent ce qu'il n'avait pas raconté de cet après-midi-là à l'inspecteur, mais il conclut par la négative. Le travail de monsieur Trent, c'était d'enquêter sur des étrangers suspects. Ou des gens hors de leur contexte. Et puis, de toute façon, Jason n'était pas très sûr de ce qui s'était vraiment passé entre Alicia et Brad. Si tant est, après tout, qu'il se soit passé quelque chose.

La tristesse l'envahit brusquement pendant qu'il évoquait Alicia et la dernière fois qu'il l'avait vue sans savoir que c'était la dernière fois. Comme il souhaitait avoir aperçu quelque chose qui ferait progresser l'enquête ! Comme il souhaitait que monsieur Trent l'aide à se souvenir d'un personnage suspect qu'il aurait pu oublier, bien qu'il ne crût pas que ce fût le cas ! Comment aurait-il pu oublier aussi complètement quelque chose d'aussi important ? Néanmoins la police, et tout particulièrement monsieur Trent, qui était censé être un expert en la matière, en savait sûrement plus que lui sur le fonctionnement de la mémoire. En fait, Jason était pour ainsi dire époustouflé par la façon dont son interrogateur semblait lire dans ses pensées, comme par exemple quand il avait caressé l'idée d'inventer un personnage suspect.

Tu ferais bien d'être prudent, Jason, se dit-il.

Pourquoi devrais-je être prudent ?

Une idée agaçante se frayait un chemin, juste au-dessous de son seuil de conscience, et le mettait à nouveau mal à l'aise, lui donnait l'impression que quelque chose ne tournait pas rond, que les choses n'étaient pas ce qu'elles paraissaient être. Était-ce son imagination, ou seulement le fait de se trouver dans ce petit bureau, sans air conditionné, sans même un ventilateur ? Pour une raison ou une autre, les murs nus de la pièce lui tapaient sur le système. Pas de gravures. Et pas de fenêtre.

Je veux sortir d'ici.

Il se rendit compte qu'il *pouvait* en sortir. Il n'avait qu'à se lever et s'en aller. Il n'avait même pas à demander qu'on le lui permette. On lui avait bien dit qu'il était volontaire, non ? Il était volontaire, d'accord. Eh bien, il n'avait plus envie d'être volontaire. Il voulait rentrer chez lui.

Jason repoussa sa chaise, sursauta au grincement des pieds sur le plancher et se dirigea vers la porte.

Le bureau était vide. Le garçon avait disparu.

Trent recula dans le vestibule et aperçut tout au bout Sarah Downes qui tournait dans un couloir. Personne d'autre en vue. Le garçon avait évidemment quitté l'immeuble, en s'évadant sans doute par la porte de derrière. La notion d'évasion plut à Trent. Une évasion était sans conteste un indice de culpabilité. Pourquoi le garçon se serait-il envolé s'il avait été innocent ?

Il se hâta à travers le vestibule jusqu'à la porte de derrière, l'ouvrit toute grande et avança en clignant des paupières dans un flamboiement de lumière.

En attendant que ses yeux s'habituent à l'éclat du soleil, il devina deux cars de police garés à la va-comme-je-te-pousse, et une forme qui s'approchait d'une gigantesque benne à ordures pleine à déborder. À mesure que sa vision s'éclaircissait, il constata que la forme était un clochard qui espérait trouver son bonheur dans les déchets entassés là.

Il repéra le garçon debout à l'entrée du parking, les épaules tombantes, la tête baissée comme s'il étudiait le pavé pour y trouver des réponses aux questions que Trent pourrait bien imaginer.

– Jason, appela-t-il.

Le garçon leva les yeux, vit Trent, fronça les sourcils, oscilla légèrement, comme s'il essayait de décider s'il allait rester ou s'en aller.

– Reste là, s'il te plaît, dit Trent en s'avançant vers lui.

Pourquoi voulait-il que le garçon reste là ? S'il s'enfuyait, l'alarme serait donnée, on lancerait des recherches, et tout ça tendrait à prouver sa culpabilité.

J'ai besoin de lui. J'ai besoin qu'il se confesse à moi.

– Je vous demande pardon, murmura le garçon.

Ils avancèrent à l'ombre d'un vieux bâtiment de brique dont les murs étaient barbouillés de graffitis. Trent jeta un coup d'œil sur les deux cars de police et constata qu'ils étaient vides. Au sommet de la benne, le clochard fouillait les détritus.

– Pourquoi t'es-tu enfui ? demanda Trent, sincèrement curieux.

– Je veux rentrer chez moi. Je n'ai rien à vous raconter.

– C'est à moi d'en juger. Mais tu ne peux pas t'en aller comme ça. Ça te fait paraître suspect.

Le garçon, médusé, ne put que répéter ce mot terrible :

– Suspect ?

– Écoute : personne ne t'a vu filer. Rentrons. Tu détiens plus d'informations que tu ne le crois.

Son gyrophare clignotant sur le toit, une voiture de police pénétra dans le parking et fonça dans leur direction. Ils s'écartèrent pour la laisser passer.

– D'accord, acquiesça en soupirant le garçon.

Il y avait toujours une lueur de méfiance dans ses yeux. Il paraissait fragile et vulnérable.

– D'accord, répéta-t-il.

Et il laissa Trent le ramener dans le commissariat central.

– On va oublier que tu as essayé de t'évader, d'accord ?

Trent savait qu'il était important de faire figurer ce terme capital dans l'enregistrement, et il se renversa avec satisfaction sur sa chaise, en attendant la réponse du garçon.

– D'accord, fit Jason.

Il était tout heureux de changer de sujet, et avide que l'interrogatoire reprenne et qu'il en finisse avec lui. Mais il était aussi profondément agacé par ce mot d'*évader*. Comme s'il avait eu une autre raison de s'en aller que le désir de sortir d'ici ! Comme s'il était coupable de quelque chose !

– Avant que nous en revenions à ce dont tu as été témoin lundi, je voudrais te questionner sur Alicia. Vous étiez amis, n'est-ce pas ?

Jason hocha la tête, soulagé d'aborder un autre sujet, même si c'était un sujet attristant.

– Voyons. Tu as douze ans, elle en avait sept, et pourtant vous étiez amis. Cela ne te paraît pas un peu inhabituel ?

– C'était une gentille petite gamine. Et elle était toujours contente de me voir.

Ce qui était plus que ce qu'il pouvait dire de Brad et d'autres gosses du voisinage, pensa-t-il. Mais il ne voulait pas ennuyer monsieur Trent avec ce genre de commentaire.

– Tu aimais lui rendre visite ?

Bien sûr. Il ne serait pas allé la voir s'il n'avait pas aimé être avec elle.

– Tu as déclaré un peu plus tôt que tu l'aidais à faire ses puzzles. Quel était le motif du puzzle de lundi ?

– Un cardinal. L'oiseau. Énorme. Il couvrait pratiquement toute la table de bridge qu'elle avait sortie dans le patio. C'était un puzzle de mille pièces. Elle était drôlement forte pour poser chacune à sa place. Et cette fois, c'était dur parce que toutes paraissaient du même rouge, presque sans nuances. Je pouvais à peine les distinguer l'une de l'autre mais elle ne m'a pas...

Et il s'arrêta.

– Elle ne t'a pas quoi ?

Jason s'étonna une fois de plus de la rapidité avec laquelle monsieur Trent mettait le doigt sur ce dont il ne voulait pas parler. Et maintenant monsieur Trent attendait patiemment qu'il réponde.

Quel mal y aurait-il à le faire ?

– Eh bien, elle ne m'a pas charrié, fit-il en sachant que ça le faisait paraître minable.

– Pas comme les autres gosses, tu veux dire ?

Jason hocha la tête. Chacun de ces aveux le déprimait. Il avait l'impression d'en apprendre trop sur lui-même à ce type-là.

– Mais elle te charriait pourtant quelquefois, non ? Tu sais, les meilleurs amis se moquent parfois l'un de l'autre. Pour rire. Alicia ne le faisait jamais ?

Un souvenir soudain fit sourire Jason. Il revit Alicia le blaguant quand il parvenait finalement à placer une pièce du puzzle ; imitant le soin avec lequel il l'insérait à sa place en fredonnant, comme il faisait toujours quand il réussissait quelque chose. Elle l'imitait à la perfection.

– Si, des fois, dit Jason, d'une voix attendrie par ce souvenir et la tristesse, aussi, de se rappeler qu'elle était morte.

– Et ça te faisait de la peine ?

– Non.

Mais l'image d'Alicia morte, de son aspect quand on l'avait découverte sous ce tas de branchages, lui donna le frisson.

– On dirait pourtant que ça te fait de la peine de te rappeler comment Alicia se moquait de toi, insista Trent.

– Non. Ce n'est pas ça, je veux dire, protesta Jason.

Il était désarçonné, troublé par cette image sinistre et la brusque question de monsieur Trent et il essaya d'expliquer :

– J'étais juste en train de penser à elle. Ce que ça avait du être, de la retrouver comme ça dans le bois. Cet air qu'elle devait avoir…

– Quel air ?

– Si pitoyable, ensevelie sous tout ça…

– Ensevelie sous quoi ?

– Eh bien, les branches, les ronces, tous ces trucs.

– Et ça te fait de la peine ?

La question, en fait tout le tour de l'interrogatoire, força Jason à marquer un temps avant de répondre. Il ne voulait pas parler davantage de tout ça avec un étranger comme ce type. C'était comme si Trent essayait de plonger au fond de son cœur.

– Je n'ai pas envie d'en parler.

– D'Alicia, et de son état quand on l'a trouvée, tu veux dire ?

Jason hocha la tête.

– Je mesure combien ça doit t'être pénible, puisque c'était une si bonne amie. Mais il vaut parfois mieux parler, plutôt que de tout refouler dans son for intérieur. Il se peut que cet interrogatoire te soit aussi utile qu'à l'enquête.

– Et comment ça pourrait m'être utile ? demanda Jason, un peu amadoué.

La voix de monsieur Trent s'était faite tout d'un coup douce et aimable et son attitude toute amicale.

– Il existe ce qu'on appelle un trauma, Jason. Un choc. Tu vois, quand il se produit un événement de ce genre, comme la mort d'une amie, ça peut t'affecter émotionnellement bien plus profondément que tu le penses. Et il est parfois bon d'exprimer sa tristesse, sa colère, ses regrets.

– Ses regrets ?

Le mot lui semblait étrange.

– Oui. Quelque chose que tu regrettes. Qui te désole.

– Je suis désolé qu'Alicia soit... Je veux dire, je suis désolé de ce qui est arrivé à Alicia, mais de quoi d'autre je pourrais être désolé ?

– C'est à toi de le dire, Jason. C'est une question à laquelle tu es le seul à pouvoir répondre. Je ne peux pas le faire à ta place.

Jason se sentit à nouveau désarçonné, troublé et assoiffé. Monsieur Trent avait oublié de lui apporter quelque chose à boire. Sa bouche était sèche, sa langue épaisse. Il craignit de s'étrangler en avalant sa salive. Il avait entendu dire qu'avaler sa salive était un acte réflexe, que les gens ne pouvaient pas s'en empêcher. Et s'il avalait sa salive et qu'il s'étranglait? Il se rendit compte qu'il transpirait, que son tee-shirt était collé à son dos, comme si la sueur était une couche de glu entre l'étoffe et sa peau. Quand il parla, sa voix se mua en une sorte de coassement, comme une voix de grenouille.

– Qu'est-ce que tu dis? demanda M. Trent.

Jason se sentit soulagé d'avoir retrouvé assez de salive pour l'avaler sans s'étrangler.

– J'ai soif, coassa-t-il. Je peux avoir un verre d'eau?

Il vit que l'interrogateur hésitait.

– Je n'essaierai pas de m'évader cette fois-ci, fit-il, en regrettant aussitôt d'avoir employé ce verbe.

– Tu as l'air bouleversé. Bouleversé par tes regrets?

– J'ai seulement soif, bredouilla Jason.

– Bon, dit Trent. Je vais te trouver quelque chose à boire. Tu es important pour cette enquête, Jason, et si tu dois te sentir mieux après avoir bu, eh bien tu auras ta boisson.

Pourquoi cela sonnait-il comme une menace? Comme si sa soif était une sorte d'aveu. Mais l'aveu de quoi?

Trent alla vers la porte, en sachant parfaitement qu'il dérogeait au protocole habituel, qu'il enfreignait sa règle. Mais c'est en suivant son instinct qu'il avait obtenu la plupart de ses réussites, et en ce moment son instinct lui disait de marcher sur des œufs, de traiter avec douceur le garçon, de gagner toute sa confiance. Il se demanda si Sarah serait dans le couloir, avec du nouveau.

Le couloir était vide.

Il chercha un distributeur de boissons, et en découvrit un coincé dans une alcôve, près de la porte de derrière.

En revenant avec une canette de Coca, il attendit un instant avant d'entrer le bureau. Il espérait apercevoir quelqu'un. N'importe qui. C'est en se sentant très seul, un sentiment qui ne lui était pas familier, qu'il poussa la porte.

Jason accueillit la canette en murmurant un remerciement et en demandant :

– Vous en avez pris une pour vous ?

Trent secoua la tête. Il n'avait ni faim ni soif durant les interrogatoires, mais la question l'étonna. Les sujets ne le considéraient que comme un enquêteur et ne lui posaient jamais de questions personnelles. Que le garçon le perçoive soudain comme une personne lui fit marquer un temps d'arrêt. Il le regarda avaler goulûment son Coca. Sa pomme d'Adam tressautait, sa main tremblait un peu. Trent connut un moment de flottement.

Ce garçon était tellement vulnérable, tellement sans défense, si ignorant de ce qui l'attendait…

Il est temps d'en finir, se dit-il. Il est temps de boucler l'affaire et de percevoir son dû. Ce dû que le sénateur lui avait promis. Et de réussir en quelque sorte sa propre évasion.

– On reprend ?

Le garçon, visiblement rafraîchi, les veines probablement irriguées de caféine, hocha la tête. Son regard brillait d'impatience.

– D'accord, dit-il.

Trent regretta la perte de tension et de concentration antérieures, mais il était certain de pouvoir mener le garçon au cœur de l'interrogatoire.

– Nous avons précédemment couvert le terrain de tes actions pendant la première partie de l'après-midi. Nous savons que tu as vu le facteur et quelques gamins. Tu n'as remarqué personne d'autre en allant chez Alicia ?

Jason, les yeux mi-clos, baissa la tête pour mieux se concentrer. Il essaya de se représenter la Grand-Rue par cet après-midi torride.

Il se rappela quelques autos qui la remontaient, les vitrines des magasins éclaboussés de soleil, le feu de croisement à l'intersection de la Grand-Rue et de la rue du Ruisseau, une jeune fille poussant une voiture d'enfant. Mais tout ça était silencieux, muet, comme s'il regardait un film sans le son.

– Rien. Personne. Je veux dire, si, des gens, mais qui n'avaient rien de marquant, vous comprenez. Aucun n'était en dehors de son contexte, ajouta-t-il, tout heureux d'employer une des phrases de monsieur Trent.

– Bien, approuva Trent. Maintenant, nous allons entrer chez Alicia. Et là, nous devons faire attention, Jason. Je veux que tu me rapportes très précisément cette visite.

Il observa la réaction du garçon à cette brusque bascule de l'observation de la rue à la scène qui s'était déroulée chez Alicia Bartlett. Il le vit se détourner, comme s'il se sentait soudain troublé et méfiant. Suis-je allé trop vite ? se demanda-t-il.

Jason fixait le mur vide, comme s'il pouvait y lire la réponse à la question qu'il se posait : était-ce ou non le moment de raconter ce qu'il n'avait pas raconté à l'inspecteur, à propos de Brad et d'Alicia, de cet air qu'ils avaient d'être furieux l'un contre l'autre ce lundi-là, et pas seulement au sujet du puzzle ? Au sujet de quelque chose d'autre.

– Brad était là. Il nageait avec ses copains, commença-t-il.

Monsieur Trent le regarda d'un air interrogateur, mais ne dit rien.

– Ils avaient l'air de se bagarrer, dit Jason. Pas vraiment de se bagarrer, je veux dire. Mais d'être en rogne l'un contre l'autre, Alicia et Brad.

Monsieur Trent se taisait toujours. Ce silence encouragea Jason à continuer.

– J'ai eu l'impression que quelque chose ne tournait pas rond entre eux, que Brad lui avait peut-être fait quelque chose.

Trent écoutait patiemment, en attendant que le garçon en vienne au fait, tout en se rendant compte de ses efforts pour y parvenir. Il concentrait son attention sur les mains de Jason, agitées, fiévreuses, s'écartant de son corps comme pour tenter d'exprimer ce qu'il essayait de dire. Trent se pencha un peu en avant. Il savait qu'à travers les mouvements de ses mains, de tout son corps, le garçon révélait la vérité, quelle qu'elle puisse être.

– Brad était tout le temps en train de la taquiner, bafouilla le garçon. Il taquinait tout le monde. Mais on aurait dit que lundi il faisait plus que la taquiner.

Il avait à nouveau les yeux mi-clos, preuve qu'il se concentrait de toutes ses forces pour préciser un souvenir ou faire remonter une information primordiale à la surface de sa conscience.

– Elle lui a dit: «T'en as pas fait assez aujourd'hui?» Un truc dans ce goût-là.

Il poussa un gros soupir et exhala son souffle comme s'il venait tout juste de délivrer un message capital.

– Pourquoi n'en as-tu pas parlé à l'inspecteur? questionna Trent.

– Je ne sais pas. Ça ne me paraissait pas important. Alicia et Brad était toujours en train de...

Il haussa les épaules, résigné à ne pas trouver le terme exact.

– De se chamailler? suggéra Trent. De chercher la bagarre?

Jason hocha la tête.

– C'est ça.

– Et pourquoi crois-tu que leur accrochage de ce jour-là était si différent ?

– Je ne crois pas qu'il l'était, dit le garçon. C'est pour ça que je n'en ai pas parlé à l'inspecteur.

Et puis, il ajouta en regardant Trent en face comme s'il faisait appel à lui :

– Vous croyez que c'était important ? J'ai eu tort, dites ?

Trent essaya de dissimuler sa surprise. C'était stupéfiant. Le garçon semblait suggérer que le frère d'Alicia était impliqué d'une façon ou d'une autre dans le meurtre de sa sœur. Qu'ils s'étaient disputés le jour où elle avait été tuée, ce qui pouvait lui fournir un mobile. Il se rappela que le frère avait un alibi, tout en sachant qu'on pouvait se fabriquer un alibi. Cela valait-il la peine d'y regarder de plus près ? Y regarderait-il de plus près ? Ce serait perturber la situation actuelle. Et elle ne devait pas l'être. *Mon sujet, c'est Jason Dorrant, pas le frère de la petite.*

Le garçon attendait anxieusement sa réponse.

– Qu'est-ce que vous en pensez, monsieur Trent ?

– Je pense que tu as fait ce qu'il fallait en n'en parlant pas, Jason, dit Trent.

Je ne peux pas laisser cette affaire m'échapper.

– Vraiment ?

– Vraiment. Le genre d'information que tu me donnes là est trop vague, et n'aurait pu qu'embrouiller encore une investigation déjà compliquée. La police a enquêté soigneusement sur quiconque pouvait être impliqué dans le crime, y compris les membres de la famille d'Alicia. Je sais que son frère a rendu compte de ses faits et gestes de cet après-midi là. Il a passé toute la journée avec ses amis.

Le garçon se hâta d'acquiescer en se réinstallant au fond de sa chaise, comme soulagé que quelqu'un approuve la décision qu'il avait prise à propos de ce fait qui l'avait tracassé.

Trent marqua un temps d'arrêt en se demandant si le moment était venu de renoncer aux préliminaires et de donner le coup d'envoi à la stratégie qui mènerait à l'inévitable estocade. En remarquant la chaleur qui régnait dans le bureau, la peau de plus en plus moite du garçon, les gouttes de sueur sur son front, il décida d'aller de l'avant. De prendre le risque.

– Jason, parle-moi d'Alicia et de tes sentiments à son égard.

Assez curieusement, le garçon ne parut pas contrarié ou perturbé par ce changement de sujet.

– C'était une gentille petite fille et j'aimais bien traînasser quelquefois avec elle. Elle était brillante en tout, mais elle était aussi ce que ma mère appelle une chichiteuse. Je veux dire : elle était formidable pour faire ces puzzles, mais elle pestait et grognait en essayant de repérer les bonnes pièces, et alors elle en alignait cinq ou six et me regardait avec un grand sourire.

– Une petite fille très intelligente, dit Trent.

– Elle l'était même plus que moi, renchérit le garçon. Un jour, elle a tenté de m'apprendre comment mieux faire un puzzle. Elle m'a montré comment choisir les pièces, en commençant par celles du bord. Elle s'est bien amusée à faire comme si elle était le prof et moi son élève.

– Penses-tu qu'elle se faisait valoir à tes dépens ?

– Comment ça ?

– Qu'en fait elle se moquait plus ou moins de toi ?

– Pourquoi elle l'aurait fait ?

– Elle aimait peut-être te taquiner, manifester sa supériorité. Elle n'avait peut-être pas confiance en elle, et il lui fallait accomplir certaines choses pour paraître mieux qu'elle ne l'était vraiment.

– C'est tout le contraire, protesta Jason. Elle ne fanfaronnait pas, ni rien de pareil. Elle me montrait juste comment réussir un puzzle.

– Elle voulait peut-être que tu te sentes inférieur ?

– Non, dit Jason en fronçant les sourcils.

Il repensait à cette leçon. Alicia s'était-elle moquée de lui, en fait ?

– Pourquoi elle l'aurait fait ? redemanda-t-il.

– Peut-être n'était-elle pas ton amie, après tout. Peut-être faisait-elle seulement semblant de l'être.

Jason, perplexe, se gratta la joue. La pièce était encore plus chaude qu'auparavant. La température semblait monter à chaque seconde. Il se trémoussa sur sa chaise en sentant la sueur baigner ses aisselles. Ses pieds eux-mêmes transpiraient dans ses chaussettes. Il ne savait que dire, sinon revenir à la question qu'il avait déjà posée par deux fois.

– Pourquoi elle l'aurait fait ?

– Qui peut expliquer les actes d'autrui ? dit Trent. Même ceux des petites filles. Les petites filles ne sont pas toujours aussi naïves que nous le croyons. Tu connais le vieux cliché : on ne peut pas juger un livre sur sa couverture. C'est un cliché parce qu'il est la vérité même, Jason. Il t'est difficile de juger Alicia. Et il doit t'être encore plus difficile de te rendre compte de ce qu'elle faisait.

– Mais elle ne faisait rien du tout, protesta Jason. C'était mon amie.

– Vraiment ? Tu as douze ans, Jason, et une petite fille de sept ans était ton amie ?

Jason comprit comme ça semblait bizarre, comme ça le faisait paraître une sorte de phénomène.

– Eh bien, peut-être pas une vraie amie, corrigea-t-il. Je ne la connaissais vraiment pas si bien. Je veux dire : j'aimais bien la regarder faire ses puzzles quand je passais chez elle. C'est son frère qui était mon ami.

Ce mensonge le fit grimacer. Brad n'était pas son ami, mais il passait souvent chez lui. En quels termes pourrait-il définir Brad ? Qu'est-ce qu'il était pour lui, s'il n'était pas un ami ? Un camarade de classe. C'est ce qu'il aurait dû dire.

– Allais-tu aussi parfois la voir pendant les récréations ?

– Oui.

– Alors tu faisais plus que passer chez elle en rendant visite à son frère.

– Oui. Je crois.

– Tu crois ?

– Non. Oui, je veux dire.

Il recommençait à s'embrouiller.

– Elle t'attirait ?

Trent avait soigneusement choisi le moment où lui poser la question, en sachant qu'elle le bouleverserait. Au reste, il pensait qu'elle ne le mènerait nulle part. Sarah Downes lui avait confié qu'il n'y avait aucune preuve d'attouchement sexuel ou de tentative de viol. Mais Trent devait en juger par lui-même ; et la question devait être posée et la réponse consignée dans l'enregistrement.

Le garçon eut un mouvement de recul. Il murmura, entre ses dents serrées :

– Qu'est-ce que vous voulez dire ?

– C'était une jolie petite fille, n'est-ce pas ? fit Trent, d'un air à dessein suggestif.

– Assez, oui.

– Tu n'as jamais eu envie de lui témoigner de l'affection ?

– Comment ?

– En la touchant, peut-être. En l'embrassant.

Les yeux du garçon s'écarquillèrent de stupeur, sa bouche se tordit de dégoût. Ses mains, ses pieds, son corps se convulsèrent en une protestation muette. Pas du tout défensive, non. Tout attestait de son innocence.

Ce que Trent était trop expérimenté pour ne pas admettre sur-le-champ.

– Ne te donne même pas la peine de répondre, Jason. Je sais qu'elle ne t'a inspiré aucune pensée indécente. Pardonne-moi d'avoir émis cette suggestion.

– Je crois que je veux rentrer chez moi, maintenant, dit Jason en se tortillant avec gêne, tourneboulé par toutes ces questions sur Alicia, et tout particulièrement les dernières.

Il se leva à moitié.

– Tu es libre de t'en aller quand tu veux, Jason. Je te remercie de toute les informations que tu m'as apportées. Tu ne mesures pas à quel point tu es important pour l'enquête, pas seulement à cause de ce que tu as observé, mais encore par ta connaissance des gens qui peuvent y être impliqués. Et j'ai trouvé tes réponses passionnantes.

Il avait pesé chaque mot et désigna la porte.

– Voici la sortie.

Jason, toujours à demi levé, hésitait. Il fixa la porte, puis son regard revint se poser sur Trent.

Trent ne ferait rien pour l'empêcher de partir, mais il savait aussi que, tant que le sujet se sentirait libre de s'en aller, il serait moins enclin à le faire. Il savait que quelque chose pourrait se passer. Il y avait souvent au cours d'un interrogatoire un moment où un lien, une curieuse forme de connivence, se nouait entre le sujet et celui qui l'interrogeait.

– Je sais à quel point tu dois être fatigué, Jason. Je sais qu'il fait très chaud dans ce bureau et qu'on s'y sent mal. Mais une petite fille est morte, c'était ton amie, et je pense qu'en travaillant ensemble nous pourrons parvenir à élucider cette affaire.

Le garçon se rassit, mais au bord de la chaise, visiblement incertain de ce qu'il allait faire.

– J'attends vraiment plus de toi que ce que tu as observé lundi. Tu occupes une position unique pour nous aider.

Apaisé par la douceur de la voix de Trent et la possibilité de pouvoir réellement faire progresser l'enquête, Jason demanda :

– Comment je vous aiderais ? Quand l'inspecteur est venu chez nous, il a dit que vous vouliez seulement me demander ce que j'avais vu lundi dans la rue. Et je n'ai rien vu.

– C'est exact. Mais il m'a dit à moi que j'avais le pouvoir d'aller plus loin si je constatais que tu en savais plus. Et en parlant avec toi, je me suis rendu compte que tu peux nous apporter beaucoup plus. Que tu peux nous aider bien davantage.

– Mais comment ?

– En nous apportant des connaissances, une information auxquelles moi, en tant qu'étranger, et même la police, ne peuvent avoir accès.

– Lesquelles ?

– Eh bien, tous les aspects importants de l'affaire te sont familiers, Jason. La maison d'Alicia, le voisinage, le ruisseau, le bois.

Le garçon soupira en réfléchissant à ce que Trent venait de dire. Il hocha finalement la tête :

– D'accord.

Et il parut se concentrer, les mains sur les genoux, le corps légèrement penché en avant. Tous les signes de la soumission sans réserve.

Trent comprit que le jeu du chat et de la souris était fini.

Nous descendons maintenant au pied de l'échelle.

– Parfait, dit-il. Maintenant, parlons du secteur dans lequel on a trouvé Alicia.

Le garçon fronça les sourcils :

– Le secteur ?

– La configuration du terrain – le bois, les buissons, les broussailles, expliqua Trent. Tout ça t'est familier, non ?

– Oui, répondit le garçon. Nous jouions beaucoup dans ce coin-là. Il y a un terrain de base-ball et des balançoires et un toboggan pour les petits.

– Quelqu'un a-t-il dit en quel endroit précis on l'a trouvée ?

– Oui. À quelques pas du sentier, il paraît. Près d'un bouquet d'arbres. On m'a dit que son... on m'a dit qu'elle était recouverte par des branches, des feuilles, des trucs comme ça.

Trent remarqua que le garçon avait un peu bronché en parlant, et qu'il avait évité d'employer le mot *corps*, qui convenait parfaitement. Trent en avait fait autant pour lui rendre les choses plus faciles.

– Que te rappelles-tu de ce secteur ? Y a-t-il du gravier, de l'herbe ? Est-il rocheux, broussailleux ?

Le garçon haussa les épaules.

– C'est juste de la terre comme on en trouve dans tous les bois.

– Avec des pierres, des rochers ?

– Je crois, oui. Je me souviens d'avoir buté contre un gros rocher un jour où j'étais entré dans le bois pour...

Jason s'interrompit, honteux d'admettre qu'il y était entré pour pisser.

– Te soulager ? compléta Trent.

– Ouais, acquiesça le garçon, les joues brûlantes, en se demandant s'il avait rougi comme à l'école.

– Ces pierres, ces rochers, il y en avait beaucoup ?

– Des tas, oui.

Conscient que le garçon lui fournirait la réponse qu'il escomptait, Trent changea de sujet :

– D'après toi, de quelle arme s'est-on servi, Jason ?

– Je ne sais pas.

Trent attendit.

– Une pierre ? dit le garçon.

Refoulant un sourire de triomphe, Trent affirma, de son ton le plus naturel :

– Ç'aurait pu être un marteau, remarque. Si le coupable avait emporté un marteau. S'il s'agissait d'un crime prémédité.

– Prémédité ?

Jason connaissait le sens du mot, qu'il avait entendu des milliers de fois dans les séries policières à la télé, mais il ne pouvait pas l'appliquer à ce qui était arrivé à Alicia.

– Je veux dire : si quelqu'un avait projeté le meurtre d'Alicia. Mais je ne crois pas que ce soit le cas. Et toi ?

Projeté le meurtre d'Alicia ? Quelle hypothèse invraisemblable ! Jason secoua la tête.

– Non, dit-il.

– Je pense qu'il a pu être commis sous l'impulsion du moment. Pas tout à fait un accident, mais sans préméditation aucune et peut-être aussi inattendu pour son auteur que pour Alicia.

Il avait naturellement évité les mots *assassin* ou *meurtrier*.

– Et si cet acte a été perpétré comme ça, spontanément, sans volonté préalable, eh bien, cela éclaire cette tragédie d'un jour nouveau.

Jason fronça les sourcils. Il n'était pas certain de saisir le sens de ce que voulait dire monsieur Trent.

– Je ne comprends pas.

– Je vais t'expliquer ce que je veux dire. Par exemple, si toi, Jason, tu commettais un acte terrible, par exemple si tu avais tué Alicia sans l'avoir projeté, sans l'avoir prémédité, mais dans un moment d'affolement ou de rage – eh bien, cela créerait une différence énorme dans la façon de présenter le dossier. Il ne s'agirait pas d'un meurtre au premier degré. On serait en droit d'invoquer les circonstances atténuantes. Tu étais peut-être hors de toi lors des faits. Les jurés, la police, ils savent comment ce genre de chose peut arriver.

Jason comprenait, maintenant. Il connaissait, grâce à la télé, les charges qui pesaient sur un accusé: meurtre au premier degré, meurtre au second degré, homicide involontaire, mais il n'y avait jamais beaucoup réfléchi. Il fronça les sourcils en regardant monsieur Trent. L'interrogateur avait une expression que Jason ne lui avait encore jamais vue. Il avait l'air... Jason se rappela une phrase qu'il avait lue dans un livre quand il était petit. L'air rusé comme un renard. Et brusquement, il se sentit atterré par l'exemple choisi par monsieur Trent: *si tu avais tué Alicia.*

– Mais je...

Trent lui coupa la parole. Recourir à cette bonne vieille ruse: une question pour détourner l'attention du sujet.

– Sais-tu ce que je trouve intéressant, Jason ?

– Quoi ?

– Le choix de l'arme. Tu dis qu'une pierre aurait fait l'affaire. C'est aussi l'opinion de la police. « Le trauma est dû à un objet contondant de forme irrégulière. » Ce sont les propres termes du rapport officiel. Je trouve intéressant que tu penses toi aussi que le coup a été porté par une pierre. Pourquoi le penses-tu ?

– Je ne sais pas. Il y a des tas de pierres dans ce coin-là.

– Et qu'est-ce qu'elle serait devenue, cette pierre, d'après toi ?

Jason haussa les épaules et se tortilla un peu sur sa chaise, à nouveau conscient de la chaleur qu'il faisait dans la pièce. Tout ce truc à propos de la pierre ne l'intéressait pas vraiment. Qu'est-ce que tout ça avait à voir avec lui ? Il sentit un début de migraine, une petite douleur lancinante.

– J'en sais rien, moi, de ce qu'elle est devenue. On l'a peut-être jetée plus loin.

Il commençait à être las de cet interrogatoire, malgré ce que monsieur Trent lui avait dit de l'aide qu'il en escomptait. Il avait vraiment envie de sortir de ce bureau, de rentrer chez lui.

– Je crois que j'aimerais bien m'en aller, maintenant. Je voudrais rentrer à la maison.

– Pas encore, Jason.

– Pourquoi ?

N'avait-il pas répondu à toutes les questions ?

– Parce que, comme je te l'ai dit, tu es un témoin

important, Jason. Non seulement tu étais proche d'Alicia, mais tu as passé les derniers instants de sa vie avec elle.

– L'assassin, oui, mais pas moi, protesta Jason.

Trent ne répondit rien. Il se contenta de le regarder.

– Bon. Résumons-nous. Tu es d'accord ?

– Oui, acquiesça Jason.

Résumer. Le résumé prouverait qu'il n'était pas le dernier à avoir vu Alicia vivante.

– Tu connaissais Alicia Bartlett. C'était une petite fille qui semblait bien t'aimer. Une petite fille intelligente qui te battait souvent quand vous jouiez ensemble, qui te faisait te sentir inférieur à elle.

Jason ouvrit la bouche pour parler. Monsieur Trent avait mal compris. Mais l'interrogateur leva la main, comme un agent qui arrête la circulation. Et Jason se tassa sur sa chaise.

– Tu aimes les récits de violence : ces livres et ces films dont tu m'as parlé, enchaîna Trent, parlant un peu plus vite pour ne pas laisser au garçon la moindre chance de l'interrompre. Tu dis que tu n'es pas toujours certain de la différence entre la réalité et la fiction. Tu rêvasses beaucoup. Parfois sur des sujets violents.

– Mais..

Encore ce geste d'agent de police.

– Tu connais bien le bois où Alicia Bartlett a été tuée. Tu as déclaré que l'assassin s'était servi d'une pierre pour lui porter le coup mortel. La police n'avait pas divulgué cette information, et pourtant tu as dit que l'arme était une pierre C'est exact ?

– Oui, mais...

– L'occasion et le mobile sont les éléments fondamentaux d'un dossier d'accusation, Jason. Et tu avais l'une et l'autre.

– Un mobile ? Quel mobile ?

– Alicia se moquait de toi. Elle t'humiliait en te faisant te sentir inférieur.

– J'aimais bien Alicia et elle n'a jamais...

– Il n'y a guère plus que l'épaisseur d'un cheveu entre aimer bien quelqu'un, et même l'aimer tout court, et puis le haïr. Une étincelle peut provoquer très vite l'incendie. Regardons les choses en face, Jason : personne d'autre que toi n'a eu l'occasion de la tuer. Tu étais avec elle cet après-midi-là. Seul avec elle.

– J'étais seul avec elle, c'est vrai, mais...

– C'est très compréhensible, écoute. Tu ne voulais pas lui faire du mal, n'est-ce pas ?

– Non ! Je...

– Ce sont des choses qui arrivent. Tu as perdu ton sang-froid, tu étais dans tous tes états, tout s'est passé très vite, tu n'avais pas l'intention de le faire, mais la situation t'a échappé. Il y avait une pierre à portée de ta main...

– Ça ne s'est pas passé comme ça, hurla Jason, et sa voix semblait jaillir des murs.

– Ça s'est passé comment, alors ? fit Trent avec un accent de triomphe.

Jason recula comme si l'interrogateur l'avait giflé en pleine figure ou lui avait donné un coup de poing dans le ventre, et il lui sembla que son estomac se vidait, que ses intestins se remplissaient. Il eut soudain besoin de se rendre de toute urgence aux toilettes.

Trent vit la panique qui emplissait les yeux du garçon, la douleur qui convulsait ses traits, ses mains qui se levaient en un geste de protestation et son corps qui se recroquevillait, comme s'il lui fallait se faire plus petit pour se faufiler hors du piège dans lequel il était tombé sans le voir. Et, le temps d'un éclair, Trent sut irrévocablement que le garçon était innocent, il sut au plus profond de lui-même, au-delà de toutes les hésitations, de tous les faux-fuyants, que Jason Dorrant n'avait pas tué Alicia Bartlett. Trent avait été témoin de trop d'échappatoires, il avait entendu trop de protestations d'innocence au cours de ses interrogatoires pour nourrir le moindre doute là-dessus : Jason Dorrant était innocent. Les mouvements de son corps, ses réponses spontanées, l'absence de toute ruse dans ses manières, dans sa voix, tout concourait à aboutir à cette inéluctable vérité. Déçu et consterné, Trent fronça les sourcils. Il pensa à Braxton et au sénateur qui attendaient l'aveu, à la ville, là-dehors, en proie aux soupçons, à la peur, qui attendait de lui qu'il tienne ses engagements, qu'il fasse avouer le meurtrier afin que tout le monde puisse dormir en paix cette nuit, et ne pas trembler si une porte était restée ouverte ou si un fils ou une fille tardaient à rentrer. La promesse du sénateur lui résonna dans la tête : *Rédigez vous-même l'addition.*

Il regarda le garçon : si fragile dans son innocence et sa naïveté, si vulnérable. Influençable. Sans défense, prêt à être manipulé, coulé dans un moule comme tant d'autres l'avaient été avant lui. Cette pensée lui traversa l'esprit comme une ombre mouvante. Je me trompe peut-être, se dit-il. Mon instinct a peut-être failli, pour une fois. Le garçon est peut-être plus malin qu'il n'en a l'air. Ce mensonge, un peu plus tôt, était-ce comme un bref aperçu de sa vraie nature, de sa psyché où se nichait la culpabilité ?

Trent avait toujours craint le jour où il rencontrerait un sujet qui serait un condensé de tromperie, se montrerait plus malin que lui dans le jeu des questions et réponses, de l'attaque et de la parade, une espèce de singe savant qui réussirait d'une façon ou d'une autre à déjouer ses feintes et à le prendre à revers. Il se rappela la description classique du crime parfait : si parfait qu'on ne s'apercevait jamais qu'il s'agissait d'un crime. Le trompeur accompli serait alors quelqu'un à l'air si innocent, si pur et si intègre, qu'on écarterait aussitôt toute possibilité qu'il soit coupable.

Le garçon assis en face de lui était-il ce trompeur parfait ? Peut-être. Peut-être. *Ou suis-je en train de m'abuser moi-même ?*

Trent savait que c'était l'instant de décider s'il continuait, ou s'il arrêtait tout. Congédier le garçon et le renvoyer à sa vie quotidienne et ordinaire sans qu'il sache à quel destin il venait d'échapper. Ou creuser plus profond. Faire appel à sa propre habileté, à son expérience pour découvrir si le mal était tapi dans le cœur du garçon, si son innocence apparente n'était précisément qu'une apparence, une façade, un masque.

Mais tu sais bien que non.

Trent étouffa la petite voix parasite.

– Calmons-nous, s'entendit-il dire de sa voix la plus raisonnable. Examinons simplement les faits, les charges contre toi, et puis trouvons un moyen de les atténuer.

Le garçon secoua la tête.

– Pourquoi on doit faire ça? Pourquoi la police pense-t-elle que j'ai…

Il s'arrêta un instant, visiblement incapable de prononcer le mot fatal.

– … que j'ai fait ce qu'elle dit que j'ai fait?

– Il y a tout ce que nous avons évoqué plus tôt, Jason. Le mobile et l'occasion. L'absence de tout autre suspect. Personne n'a vu Alicia vivante après que tu l'as quittée ce jour-là. Tu as reconnu toi-même que tu n'as aperçu dans la ville aucun étranger ou aucun individu se comportant d'une manière suspecte. Personne n'en a vu un seul. Les parents d'Alicia et son frère peuvent rendre compte de leurs faits et gestes.

Trent écartait à dessein le mot *alibi*. Il reprit:

– Toi, tu ne peux pas en rendre compte. Il n'y a aucun témoin de ce que tu faisais entre quatre et cinq heures, c'est-à-dire à l'heure approximative de la mort d'Alicia. Tu as une propension à la violence.

– J'ai quoi?

Il était ahuri par cette affirmation. Tout ce que disait monsieur Trent était dingue, mais tout particulièrement ce truc de prédisposition à la violence.

– Je ne fais que t'énoncer clairement ce que pense la police. Tu as agressé l'an dernier un garçon à la cafétéria de ton école. Sans provocation de sa part.

– Je ne sais rien sur la provocation et tout ça. Mais

ce type était une brute. Et sournois avec ça. Il jouait des tours aux autres quand il croyait que personne ne regardait. Il a coincé Rebecca Tolland dans le vestiaire et il l'a touchée.

– Elle a porté plainte contre lui?

Jason secoua la tête, furieux contre lui-même de ne pas mieux expliquer ce qui s'était passé.

– Tu vois? Personne ne l'a vu faire ce genre de choses, à part toi. On sait seulement qu'un certain jour, sans aucune raison, tu l'as mis K.-O. dans la cafétéria. Devant tous tes condisciples. Tout le monde *t'*a vu le faire, mais personne ne *l'*a vu faire ce que tu prétends qu'il a fait.

Jason s'inquiéta une fois de plus des mots que choisissait monsieur Trent. Des mots qui semblaient toujours faire planer un doute sur son comportement. Comme dans cette dernière phrase: personne ne l'a vu faire *ce que tu prétends qu'il a fait.*

– Ajoute à ça les histoires d'horreur que tu aimes lire et les films violents que tu aimes aller voir.

– Je ne les aime pas. Je veux dire: je les aime bien, mais j'aime aussi des tas d'autres trucs...

– Écoute, Jason, je ne fais que te rapporter ce que pense la police. J'essaie de te faire comprendre la gravité de ta situation. Tu es le principal suspect. Il n'y a pas de preuves contre toi, mais personne d'autre ne correspond au profil du coupable.

Le silence retomba et Trent n'essaya pas de le rompre. Il vérifia subrepticement le magnétophone, et constata que la lumière qui indiquait que l'interrogatoire était enregistré clignotait bien. Tout se déroulait comme il l'avait prévu. Le garçon était tombé quasi volontairement dans le piège, et à présent le piège se refermait sur lui.

– Je veux rentrer chez moi, dit Jason.

– Laisse-moi te dire quelque chose, Jason. Ici, avec moi, tu es en sécurité. Dès que tu auras franchi cette porte, il n'y aura rien ni personne pour te protéger. C'est ici que nous devons élaborer un plan pour t'aider, pour te mettre à l'abri.

– Comment?

Y avait-il une lueur d'espoir dans ses yeux?

– Eh bien, en arrêtant une stratégie.

Le garçon fronça les sourcils, visiblement à la dérive, plus vulnérable que jamais, comme prisonnier de sables mouvants, sans personne pour lui tendre la main. C'était le moment pour Trent de modifier leur relation en se faisant son avocat.

– Je t'ai dit dans quelle situation tu te trouves, Jason. Tu es le principal suspect.

– Attendez une minute, dit le garçon.

– Oui?

– Je suis venu ici parce que j'étais censé aider la police et vous. Mais ce n'était pas vrai, n'est-ce pas?

– Pas tout à fait, reconnut Trent. Il aurait été merveilleux d'avoir obtenu ton plein concours, merveilleux que tu nous aies fourni une preuve qui aurait pointé ailleurs le doigt de la culpabilité. Cela nous – cela *m*'aurait rendu très heureux. Mais cela ne s'est pas produit, Jason. Et nous nous retrouvons avec la seule preuve que nous ayons sous la main. La preuve qui te désigne comme le meurtrier d'Alicia Bartlett.

Avant que le garçon ait le temps de répondre, Trent poursuivit :

– Je sais, je sais. Tu protestes de ton innocence. Mais, vois-tu, ce n'est qu'une protestation, Jason. Sans rien pour l'étayer. Et maintenant, laissons tout cela de côté un moment, et pensons à ce que tu devrais faire. À la stratégie que tu devrais adopter. J'essaie de t'aider.

– Comment pouvez-vous m'aider ? demanda Jason abasourdi.

Il avait du mal à croire à ce qu'il demandait.

– Avant tout, il faut renoncer au plus petit mensonge. Il faut être franc et sans détour. Dire simplement les choses. Es-tu catholique, Jason ?

– Mes parents, ma sœur et moi on va presque tous les dimanches à la messe.

– Alors tu sais ce que sont la confession et l'absolution.

– Oui. Mais je n'ai été qu'une ou deux fois à confesse. Il y a un bon bout de temps que je n'y suis pas allé.

– Mais tu sais comment ça marche. Tu dois d'abord te confesser, et puis tu reçois l'absolution. Tu dois reconnaître tes péchés avant d'être pardonné.

Jason hocha la tête, en se demandant ce qu'être catholique et se confesser avait à voir avec ce qu'il faisait ici et cette brusque incrimination.

– Eh bien, tu as quelque chose à faire avant que nous puissions prendre des mesures pour te protéger.

Une sonnette d'alarme retentit quelque part dans l'esprit de Jason. Dans sa tête, dans son corps – il ne savait pas exactement où ni à propos de quoi, mais elle le secoua soudain jusqu'au tréfonds de son âme.

Se confesser. Une autre façon de dire : *avouer.* Il comprit brusquement où ce type voulait en venir. Il voulait que Jason avoue. Avoue avoir tué Alicia Bartlett. C'était incroyable ! Il étouffa un petit rire nerveux, une réaction aussi involontaire et imprévue qu'un hoquet.

– Vous voulez que je dise que j'ai tué Alicia Bartlett ?

Il y avait de l'incrédulité et de l'horreur dans sa voix.

– Si tu quittes à l'instant cette pièce, sans avoir rien reconnu, inutile de te dire ce qui t'attend dehors. Une foule en colère peut devenir très mauvaise. Il ne faut pas longtemps pour déclencher une émeute.

– Alors dites-moi ce qui arrivera si...

Il ne pouvait pas se contraindre à prononcer le mot. Il ne le dirait jamais. Il ne ferait jamais ce que le mot signifiait qu'il devait faire.

– J'aurai ta voix sur la bande, dit Trent en désignant le magnétophone et la lumière verte qui clignotait. Je sortirai et je me ferai ton médiateur. Je parlerai aux autorités de circonstances atténuantes. Je dirai avec quelle bonne volonté tu as coopéré. Tout sera présenté sous l'éclairage le plus favorable. Le climat sera amical et pas hostile. Personne ne souhaitera t'enfermer en prison pour le restant de tes jours. Tu auras droit à de l'attention, à de la compréhension. On te tendra des mains secourables. Il est possible que tu puisses rentrer chez toi aujourd'hui même, te retrouver auprès des tiens. On peut peut-être minorer l'accusation. Il peut se passer toutes sortes de bonnes choses, à l'inverse du pire scénario : la vie en prison, loin de ta famille, haï par les habitants de cette ville, par tes camarades d'école. Une fois que tu auras reconnu les faits, on pourra t'épargner tout cela.

– Mais je ne peux pas faire ça !

– Laisse-moi t'expliquer clairement la situation, Jason. De l'autre côté de cette porte, il y a des policiers qui attendent de t'inculper pour le meurtre d'Alicia Bartlett. Dès que tu auras franchi ce seuil, tu seras sans protection. Ton âge ne te sauvera pas. À présent, il y a une loi qui permet de juger comme un adulte un mineur comme toi. Cela signifie la prison à perpétuité, sans remise de peinc, ou même pire. Et on te considérera comme un assassin. Sans rien à ta décharge. Mais il y a un moyen de rendre moins inexorable ce dénouement.

– Quel moyen ?

– Montrer que tu n'es pas un assassin de sang-froid ; montrer que tu n'avais pas l'intention de faire du mal à Alicia, que tu es désolé que cela se soit produit.

– Mais je ne l'ai pas tuée.

– Je sais, je sais. La dénégation fait partie de notre mécanisme de défense. Cet acte, tu ne l'as pas commis exprès ; et cela se mue dans ton esprit en la croyance que tu ne l'as pas commis. C'est tout à fait compréhensible, Jason. Ce que tu as fait en un instant d'aveuglement s'efface de ta mémoire, et tu te persuades que tu ne l'as pas fait.

– Mais je ne l'ai pas fait.

– Tu vois ? Tu es toujours en état de dénégation.

Et c'est en ce moment le pire état pour toi, Jason. Tu dois renoncer à nier. Et tu auras alors de meilleures chances.

– De meilleures chances de quoi ?

– De réduire les charges qui pèsent sur toi. Une fois que tu as reconnu les faits, ton avocat peut prendre en main ton dossier. Il présentera ta version des faits sous le meilleur jour possible. Les gens connaîtront cette version. Ils verront que tu es en fait un brave garçon, que tu mérites d'être traité avec indulgence. Sinon, je ne te répéterai jamais assez combien ta situation sera horrible : la ville entière, tes amis, tes voisins seront prêts à t'accabler. Mais si tu manifestes ton chagrin, tes remords, alors tu pourras modifier ce climat.

Des larmes brillaient dans les yeux du garçon.

Pour la première fois, Trent trouva difficile de regarder un sujet dans les yeux. Il détourna ses propres yeux vers la porte, comme si son regard pouvait la forcer à s'ouvrir sur Braxton venant lui annoncer qu'on avait découvert le meurtrier, qu'il était arrêté, détenu, et que Jason Dorrant était libre de partir. Ce qui signifiait que Trent était également libre de partir, qu'il était soulagé de cette responsabilité – de cette félonie superflue. Une félonie. La définition de ce qu'il était en train de faire.

Il se détourna de cette pensée et ses yeux revinrent se poser sur le garçon et son air d'innocence. Mais cet air ne se verrait pas sur l'enregistrement. Il n'y aurait que ses paroles. Il savait également qu'il ne parviendrait jamais à faire signer des aveux à ce garçon, que le seul enregistrement de ses aveux ne vaudrait sans doute rien plus tard. Mais, en ce moment, ce n'était pas son affaire. Il avait été envoyé dans ce bureau pour amener ce garçon à avouer. Aujourd'hui. C'était sa mission et il avait l'intention de la remplir. D'amener ce garçon à murmurer les mots dont Trent avait besoin sur la cassette.

– Écoute, lui dit-il.

Le garçon baissa la tête. Son regard implorait Trent, comme si Trent détenait toutes les réponses, et la solution aussi bien que les réponses.

– Tu entends ce silence, Jason ? Dehors, dans le vestibule ?

– Oui, balbutia-t-il d'une toute petite voix.

– C'est un silence terrible, Jason. Celui de gens qui attendent en suspendant leur souffle de voir qui va quitter ce bureau. Un monstre à sang-froid qui a tué une enfant. Ou un gentil garçon de bonne famille qui n'a jamais eu d'ennui avant cela, aucun rapport de police à son encontre, qui est humain, mais qui commet des erreurs comme chacun de nous en ce bas monde. Les gens comprendront. Ils te soutiendront. Mais avant cela, tu dois agir, Jason. Tout dépend de toi.

Trent vit les yeux désespérés du garçon, son corps qui s'affaissait, épuisé, le tremblement de son menton, les larmes qui coulaient sur ses joues. Il perçut l'imminence du succès, sentit le doux frisson du triomphe, et tout le reste fut aboli pour l'instant, tous ses doutes disparurent. C'était pour faire cela qu'il avait été engagé, pour le faire qu'il était né.

Tu es ce que tu fais.

Ah, Lottie. Ah, Sarah.

Cinq minutes plus tard, le garçon prononça les mots que Trent avait besoin d'entendre.

Et la machine ronronna, en enregistrant la voix meurtrie et brisée.

TROISIÈME PARTIE

Tout un symbole, pensa Trent quand il vit l'insecte – noir, bouffi, luisant – ramper à travers le plateau de son bureau. Il ne savait pas de quelle espèce d'insecte il s'agissait et il l'observa, fasciné, atteindre la transcription et se hisser sur sa couverture, en s'arrêtant pour se reposer sur le titre : *Affaire Bartlett. Interrogatoire Trent. Sujet : Dorrant.*

Trent fit d'un magazine un rouleau et se prépara à l'écraser d'un coup décisif avec cette arme improvisée. Mais l'insecte se remit en marche et le magazine ne put que le balayer du bureau de Trent, qui le regarda tournoyer dans l'air, atterrir sur ses pattes et détaler vers un coin de la pièce.

Il reporta alors son attention sur la transcription, et sa chemise de maroquin noir qu'il trouva, comme toujours, irrésistible. *Affaire Bartlett. Interrogatoire Trent. Sujet : Dorrant.* Il s'en empara, et l'ouvrit en pensant : me voilà une fois de plus face à cette inexorable transcription comme face à une croûte que le doigt revient sans cesse gratter.

Il fixa les mots imprimés sur la page, sans en saisir le sens, comme s'il s'était agi de hiéroglyphes, impossibles à décrypter.

Il pensa inévitablement au petit bureau de Monument, au garçon et, bien entendu, à Sarah Downes. Et il pensa surtout, contre son gré, à cette scène dans le vestibule du commissariat central de Monument, quelques instants après qu'il était sorti de ce petit bureau, en laissant derrière lui le garçon effondré et muet sur sa chaise, de l'incrédulité plein les yeux.

En regardant dans le couloir, Trent avait vu, tout au bout, Sarah Downes sortir d'un bureau. Elle l'avait aussitôt repéré et ses lèvres esquissèrent un sourire joyeux. Il avait refermé la porte derrière lui, en laissant le garçon, seul face à ce qu'il avait fait. Il avait souri à Sarah pendant qu'elle se hâtait de venir à sa rencontre, conscient de la beauté qui la transfigurait quand elle renonçait à sa froide élégance.

Trent attendait, la cassette à la main, en savourant ce délicieux moment. Les talons de la jeune femme claquaient sur le vieux plancher gondolé. Pendant qu'elle approchait, elle avait jeté un coup d'œil à la cassette. Ses yeux s'attardèrent sur elle. Trent s'était soudain demandé si son bureau avait été mis sur écoute, si elle était déjà au courant des aveux du garçon, si elle savait que sa voix y était enregistrée pour toujours.

Quand elle s'était brusquement arrêtée devant lui, le lilas de son parfum lui avait paru empreint d'une très légère odeur de transpiration qui la lui rendit encore plus chère. Elle avait froncé les sourcils, et ses mâchoires s'étaient crispées quand elle avait regardé à nouveau la cassette.

– C'est ce que je crois ? avait-elle demandé.

– Oui. Le garçon a avoué. C'est sur la bande, avait dit Trent en refoulant son agitation, tout étonné de l'excitation qu'il ressentait.

Il lui avait tendu la cassette comme une offrande.

– Ce n'est pas possible, elle s'était exclamée en secouant la tête.

– Mais si.

– Vous l'avez fait avouer.

Ce n'était pas une question, mais une constatation. D'une voix neutre. Plus que neutre. Accablante. Une accusation.

Il n'avait pas répondu, instantanément conscient que quelque chose n'allait pas.

– On a mis le tueur en garde à vue, Trent. J'étais venue vous le dire. Le frère de la petite. Son alibi avec ses copains s'est effondré. L'un des deux l'a impliqué dans le crime, puis l'autre. Il a avoué.

Trent avait regardé la cassette qu'il lui tendait toujours.

Il entendit alors s'ouvrir derrière lui la porte de son bureau. Il s'était retourné, il avait regardé en même temps que Sarah Downes, vu le garçon sur le seuil, blafard, pitoyable, les yeux hallucinés, la peau moite, le teint plombé. Il paraissait brisé, comme si on venait tout juste de le décrocher de la croix.

Le téléphone sonna, arrachant Trent à ses souvenirs, le ramenant à la réalité de son bureau d'Highgate. Il décrocha et entendit la voix d'Effie, la standardiste.

– Toujours pas de réponse, Trent, dit-elle un peu impatiemment. Vous voulez que je continue à appeler?

Sa voix trahissait son peu d'enthousiasme.

– Je ne fais que ça depuis trois jours, et maintenant ça ne sonne même plus. La ligne est apparemment suspendue.

Trois jours, trente jours: Trent comprit qu'il n'y aurait jamais de réponse. Sarah Downes ne le rappellerait pas. Pas plus que le sénateur.

Sa mâchoire commença à lui faire mal, comme un vieil ennemi qui manifeste sa présence.

– N'oubliez pas votre rendez-vous avec le patron, ajouta Effie, avec un rien de compassion dans la voix.

Elle savait ce qui l'attendait lors de cette rencontre: il allait être rétrogradé, et pas seulement réduit à un rang inférieur, mais aussi à des activités subalternes. Peut-être l'équipe de nuit, de minuit à huit heures. Plus de privilèges particuliers, plus de temps libre pour les interrogatoires. De toute façon, on ne l'appellerait probablement plus pour des interrogatoires.

La transcription était là, sous yeux. Elle l'attendait, pendant qu'il raccrochait. Elle attendait qu'il l'ouvre une fois de plus. *Affaire Bartlett. Interrogatoire Trent. Sujet: Dorrant.* Jason Dorrant. Pauvre gosse. Mais au moins était-il jeune, libre, et non pas pris à tout jamais au piège, comme congelé dans un bloc d'ambre. À l'instar de tant d'autres. *À l'instar de lui-même.*

Tu es ce que tu fais, avait dit Lottie.

Mais je ne fais plus rien, à présent.

Les cauchemars s'arrêtèrent au bout d'une semaine, à peu près, et Jason n'était pas certain qu'ils étaient de vrais cauchemars ou de simples mauvais rêves. Son père disait que les cauchemars étaient des rêves où on pensait qu'on était éveillé, et qu'il vous arrivait des choses épouvantables, et que vous n'aviez nulle part où vous réfugier. Les mauvais rêves n'étaient que des rêves qui étaient déplaisants.

Les rêves de Jason étaient de mauvais rêves, mais il ne parvenait jamais à se les rappeler. Il avait seulement l'impression qu'ils revenaient quand il se réveillait, l'impression que quelqu'un, ou quelque chose, le pourchassait, et que pour une raison ou une autre il ne pouvait pas courir, que ses jambes étaient gelées, ou, si elles ne l'étaient pas, qu'il essayait d'avancer dans un cours d'eau profond. Mais rien de spécifique. Et même le mot *spécifique* le terrorisait.

Cependant, ce qui le terrorisait pour de bon, c'était une autre impression, et elle était difficile à décrire, celle-là ; il était même difficile d'en parler au docteur :

l'impression qu'il n'était pas présent comme les autres dans ce monde, qu'il n'était pas capable d'y nouer des relations, qu'il était en dehors du contexte du reste du monde, de son foyer, de ses parents.

Spécifique et *contexte*: deux mots qui le terrorisaient parce qu'ils le ramenaient dans ce petit bureau, face à ce type qui s'appelait Trent et qui disait que Jason avait fait ce qu'il n'avait pas fait.

Mais il ne voulait plus y penser.

Il ne le voulait vraiment pas?

Non, il ne le voulait vraiment pas.

Mais il le devait.

Il devait penser à ce qu'il avait fait. Non, pas à ce qu'il avait fait, mais à ce qu'il avait *dit* avoir fait, alors qu'il ne l'avait pas fait.

Les pilules l'aidaient quelquefois, mais il n'aimait pas les prendre, parce qu'elles lui faisaient bourdonner les oreilles et ne chassaient pas cette impression qu'il n'était pas vraiment *ici*. Oh, bien sûr, il savait qu'il était ici, tout à fait ici, dans la maison, ou dehors dans le patio, et qu'il serait la semaine prochaine à l'école, mais sans y être réellement. Comme si rien n'était réel. Et il savait que ce n'était pas un rêve.

Il n'aimait pas rester seul. Il n'aimait pas qu'il n'y ait personne dans les parages. Comme en ce moment, dans la maison, avec son père à son travail et sa mère au centre de remise en forme, et Emma allez savoir où. «Tu es sûr que tu vas bien, Jason?» elle lui avait demandé, sa mère, avec son air inquiet, l'air qu'elle avait tout le temps ces jours-ci. «Tout à fait sûr», il avait dit, parce qu'il ne voulait pas qu'elle s'inquiète, il voulait que personne ne s'inquiète, il était celui qui avait fait cette chose terrible, et il voulait être le seul à en assumer la culpabilité.

Mais je n'ai rien fait.

Si, je l'ai fait.

Pourtant il ne pourrait jamais faire ce qu'il avait dit avoir fait, ce que monsieur Trent lui avait fait dire.

Mais comment monsieur Trent l'avait-il amené à dire qu'il l'avait fait, alors qu'il ne l'avait pas fait? Qu'il n'aurait *jamais* pu le faire, qu'il ne pourrait jamais faire une chose pareille. Jamais.

Jamais?

Pourtant, si tu as dit que tu l'as fait, tu *pourrais* peut-être le faire, tu pourrais faire quelque chose d'aussi terrible. Peut-être que tout au fond de toi, dans le coin le plus secret de ton âme, tu sais pour de bon que tu pourrais le faire.

Mais comment pourrais-je faire ça?

Non, pas *comment. Pourquoi.*

D'accord. Alors, pourquoi et comment pourrais-je le faire?

Écoute: tu as déjà dit que tu le pouvais, que tu avais fait ça à la petite Alicia alors que tu n'aurais jamais pu lui faire rien de pareil. Mais n'y a-t-il pas quelqu'un à qui tu *pourrais* le faire?

Comme qui?

Comme... Oh, disons Bobo Kelton.

Oui. Bobo Kelton.

Tu vois, tu as déjà dit que tu pouvais faire quelque chose comme ça, alors pourquoi ne pas le faire pour de bon, leur montrer que tu pouvais le faire, que ce que tu as dit dans ce bureau était vrai pour de bon et pas faux.

Montre à tout le monde qu'après tout tu ne mentais pas.

Mais comment pourrais-je faire une chose pareille ?

Il souhaitait que sa mère revienne. Ou Emma. Son père ne pouvait pas, il était à son travail. Quelle chaleur dans cette maison ! Mais il s'efforça de ne pas penser à la chaleur. Il y a quelques jours, il avait ouvert toutes les fenêtres parce qu'il se sentait suffoquer, même si quelques-unes étaient ouvertes. Il ne voulait pas s'enfuir de la maison, il ne voulait pas non plus sortir dans la rue ; aussi, à la place, il avait couru ouvrir toutes les fenêtres, y compris les vasistas de la cave, même si certains des vasistas étaient sales et couverts de toiles d'araignée. Et ce n'est que bien plus tard, au retour de sa mère, qu'il s'était rendu compte qu'il pleuvait à torrents et que le vent soufflait, et que toutes les fenêtres étaient ouvertes, et que la pluie entrait dans la maison.

Il passa donc outre la chaleur qui régnait maintenant et se demanda ce qu'il allait faire. S'il allait sortir pour leur montrer qu'il pouvait le faire, et le faire réellement cette fois-ci au lieu de dire qu'il l'avait fait alors qu'il ne l'avait pas fait. Il se rappela que Bobo Kelton traînait pas mal tous les après-midi du côté du centre de loisirs, paradant comme toujours, rigolard et sournois comme toujours.

Jason regarda l'horloge. Trois heures moins dix. Il savait que Bobo serait au centre de loisirs. Tout ce qu'il avait à faire, c'était y aller et attendre. De l'autre côté de la rue.

Il sentit naître en lui une merveilleuse sensation de fraîcheur. Il releva la tête, et laissa cette fraîcheur le baigner un temps, comme une douce brise qui se serait levée dans son cœur.

Puis il passa dans la cuisine, et sortit du tiroir du buffet le couteau à découper la volaille.